共和国故事

冰晶龙宫

——国家游泳中心水立方建成

于 杰 编写

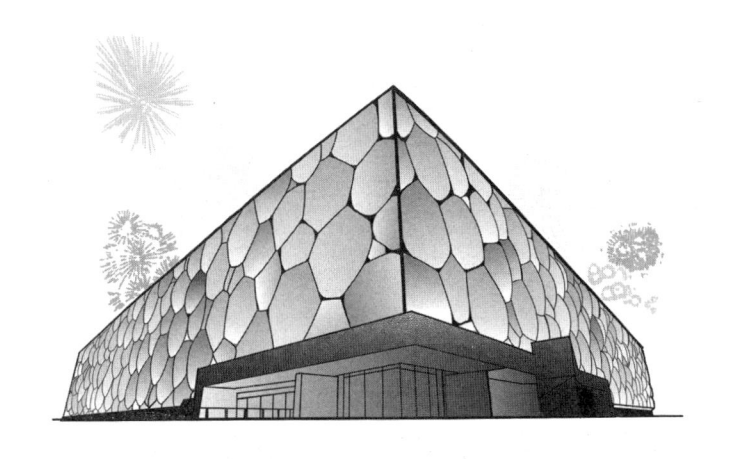

吉林出版集团股份有限公司

图书在版编目（CIP）数据

冰晶龙宫：国家游泳中心水立方建成/于杰编. —长春：吉林出版集团股份有限公司，2009.12

（共和国故事）

ISBN 978-7-5463-1855-4

Ⅰ．①冰… Ⅱ．①于… Ⅲ．①纪实文学－中国－当代 Ⅳ．①I25

中国版本图书馆 CIP 数据核字（2009）第 237694 号

冰晶龙宫——国家游泳中心水立方建成
BINGJING LONGGONG　　GUOJIA YOUYONG ZHONGXIN SHUILIFANG JIANCHENG

编写	于杰		
责任编辑	祖航　李娇　关锡汉		
出版发行	吉林出版集团股份有限公司		
印刷	三河市嵩川印刷有限公司		
版次	2010 年 1 月第 1 版		2022 年 1 月第 9 次印刷
开本	710mm×1000mm　1/16		印张　8　字数　69 千
书号	ISBN 978-7-5463-1855-4		定价　29.80 元
社址	吉林省长春市福祉大路 5788 号		
电话	0431－81629968		
电子邮箱	tuzi8818@126.com		

版权所有　翻印必究

如有印装质量问题，请寄本社退换

前　言

自 1949 年 10 月 1 日中华人民共和国成立至今,新中国已走过了 60 年的风雨历程。历史是一面镜子,我们可以从多视角、多侧面对其进行解读。然而有一点是可以肯定的,那就是,半个多世纪以来,在中国共产党的领导下,中国的政治、经济、军事、外交、文化、教育、科技、社会、民生等领域,都发生了深刻的变化,中国人民站起来了,中华民族已屹立于世界民族之林。

60 年是短暂的,但这 60 年带给中国的却是极不平凡的。60 年的神州大地经历了沧桑巨变。从开国大典到 60 年国庆盛典,从经济战线上的三大战役到经济总量居世界第三位,从对农业、手工业、资本主义工商业的三大改造到社会主义市场经济体制的基本确立,从宜将剩勇追穷寇到建立了强大的国防军,从废除一切不平等条约到独立自主的和平外交政策,从"双百"方针到体制改革后的文化事业欣欣向荣,从扫除文盲到实施科教兴国战略建设新型国家,从翻身解放到实现小康社会,凡此种种,中国人民在每个领域无不留下发展的足迹,写就不朽的诗篇。

60 年的时间在历史的长河中可谓沧海一粟。其间究竟发生了些什么,怎样发生的,过程怎样,结果如何,却非人人都清楚知道的。对此,亲身经历者或可鲜活如昨,但对后来者来说却可能只是一个概念,对某段历史的记忆影像或不存在,或是模糊的。基于此,为了让年轻人,特别是青少年永远铭记共和国这段不朽的历史,我们推出了这套《共和国故事》。

《共和国故事》虽为故事,但却与戏说无关,我们不过是想借助通俗、富于感染力的文字记录这段历史。在丛书的谋篇布局上,我们尽量选取各个时代具有代表性或深具普遍意义的若干事件加以叙述,使其能反映共和国发展的全景和脉络。为了使题目的设置不至于因大而空,我们着眼于每一重大历史事件的缘起、过程、结局、时间、地点、人物等,抓住点滴和些许小事,力求通透。

历史是复杂的,事态的发展因素也是多方面的。由于叙述者的视角、文化构成不同,对事件的认知或有不足,但这不会影响我们对整个历史事件的判断和思考,至于它能否清晰地表达出我们编辑这套书的本意,那只能交给读者去评判了。

这套丛书可谓是一部书写红色记忆的读物,它对于了解共和国的历史、中国共产党的英明领导和中国人民的伟大实践都是不可或缺的。同时,这套丛书又是一套普及性读物,既针对重点阅读人群,也适宜在全民中推广。相信它必将在我国开展的全民阅读活动中发挥大的作用,成为装备中小学图书馆、农家书屋、社区书屋、机关及企事业单位职工图书室、连队图书室等的重点选择对象。

编 者
2010年1月

目录

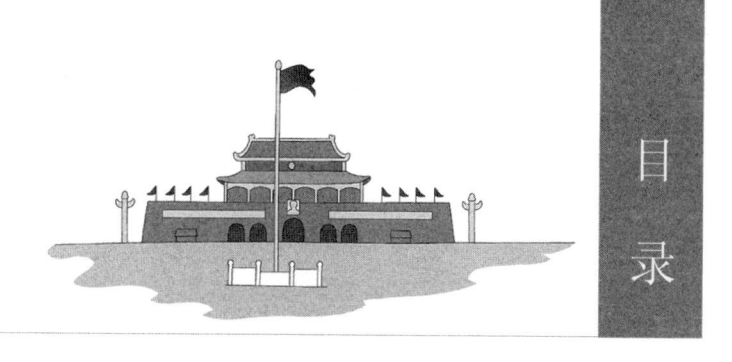

一、规划设计

面向全球征集设计方案/002

群策群力设计"水立方"/008

"水立方"方案中标胜出/014

国资公司成立领导小组/021

中建一局中标建"水立方"/026

二、施工建设

举行"水立方"开工仪式/030

工程总承包合同签定/036

进行"水立方"地面施工/039

进行"水立方"钢结构施工/046

进行"水立方"钢结构支撑体系卸载/054

完成"水立方"膜结构安装/057

安装大厅摄像机吊杆/065

召开"水立方"建设协调会/068

进行"水立方"收尾工程/071

"水立方"竣工并交付使用/075

三、建成使用

举行奥运前的测试赛/082

目录

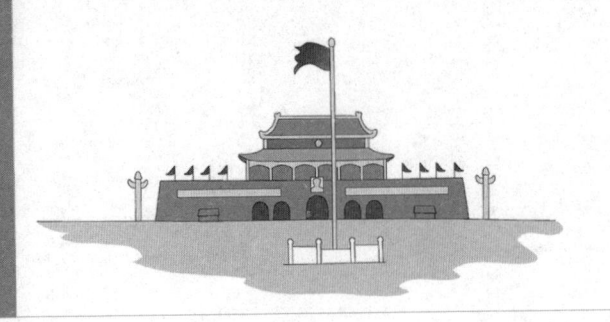

启用石地面替代材料/091

举行花样游泳资格赛/095

举行奥运会游泳比赛/098

加强赛季的保障工作/106

举行跳水项目的比赛/109

举行花样游泳比赛/116

一、规划设计

- 北京奥组委在选择全球范围内公开邀请设计单位参加国家游泳中心设计竞争的同时,从实际情况出发,综合各方面因素,又着重要求设计团队中必须有中方设计人员参加。

- 赵小钧说:"假如奥林匹克公园里的建筑群也要角逐它们的奥斯卡,最佳女配角奖应该颁给'水立方'。"

面向全球征集设计方案

2002年10月,受北京市政府和北京奥组委授权,北京市规划委员会面向全球公开征集奥运会主体育场和游泳中心等主要场馆的建筑概念设计方案,全球多家著名设计单位纷纷报名参加投标。

奥运会是一个规划庞大的国际化文化体育盛会,各项工作要充分体现国际化特点。

北京在第二次申办奥运会的时候,全国人民热情高涨,社会各界纷纷搞起了支持"申奥大签名"的活动,有的签名活动达上千万人。

就在国内申奥热情达到白热化程度的时候,北京市委、市政府主要领导出国,进行"友好城市"交流访问。在访问期间,他们与各国奥运会的委员见面并积极沟通。

在同各国委员交流中大家发现,有相当一部分外国人并不了解中国,并不了解中国普通老百姓对奥运的企盼和热情。

当北京市领导向他们转述中国老百姓对奥运的期盼时,他们往往先是惊讶,而后是发自内心的赞叹。他们说:"除了中国,任何一个国家都不可能想象如此人数众多的签名。"

通过这件事情,北京市更明确了一个认识:干奥运,关起门来是不行的，必须要走出去，让全世界人充分了解中国，而后接纳中国。

所以大家决定，作为北京奥运会主场馆的设计招标必须跨出国界，在全球范围内进行招标。唯有如此，才能更充分体现北京奥运的国际化。

同时，这样也可以弥补国内建筑设计水平与国际水平的差距，弥补国内没有大型奥运场馆设计经验的遗憾，迅速提升国内设计水平。

2002年4月，北京市计委成立了"奥运项目办公室"，专职负责奥运场馆和相关设施建设项目法人招投标的组织、协调，制定各类招标相关文件，积极向国内外推介奥运场馆项目法人招标项目。

6月，"科技奥运"智能交通系统技术开发与应用项目论证会在北京举行。论证会由科技部和全国智能交通系统协调指导小组办公室主办。

"北京'科技奥运'智能交通系统技术开发与应用"被列入国家"十五"科技攻关计划。其中包括奥运智能交通系统规划、智能交通管理系统、停车诱导系统、公交区域调度系统、西客站公交枢纽站运营调度管理与乘客信息服务系统和北京市综合交通信息平台等。

从7月3日起，为期两天的"北京2008——奥林匹克设计大会"专门研讨了一个重大议题："北京2008年奥运会的视觉形象是什么？"

与此同时，"北京2008——奥运会会徽设计大赛"也拉开了帷幕。

北京奥组委主席、北京市市长刘淇，在7月3日举行的"北京2008——奥林匹克设计大会"开幕式上表示：

> 北京将通过宏伟壮观的形象和景观设计，与世界分享北京2008年奥运会的魅力，传达"新北京、新奥运"和"绿色奥运、科技奥运、人文奥运"的举办理念，向全世界展示北京和中国的悠久历史、灿烂文化和生机勃勃的今天，以及充满自信与希望的人民。

刘淇表示，他希望来自世界各地的设计师能创作出令世界叹服的作品，为现代奥林匹克设计留下宝贵的遗产，也成为北京文化遗产的一部分。

北京奥组委执行主席、国家体育总局局长、中国奥委会主席袁伟民，国际奥委会市场开发委员会主席吉哈德·海博格等出席了会议。

北京2008年奥运会形象与景观工程分为三个阶段进行：

第一阶段为2002年到2003年，制订北京奥运会视觉形象与景观战略规划，完成奥运会标志设计。其中包括国家体育场和游泳中心的规划设计。

第二阶段为2004年到2006年，制定奥运会形象识别标准、完成奥运会吉祥物设计以及其他主题设计。

第三阶段为 2006 年到 2008 年，制订形象市场开发计划、完成场馆和城市景观布置方案及运行计划与实施。

北京奥林匹克公园和五棵松文化体育中心规划设计方案征集截至 7 月 3 日 17 时结束。负责此项工作的北京规划委共收到 89 个方案。

7 月 16 日至 26 日，在北京国际会议中心，对 89 个方案进行了公开展览，并组织公众投票选出自己喜爱的方案。

2002 年 10 月，北京奥组委向全球公开发售奥运项目资格预审和意向征集文件。

奥运会不仅吸引着世界上最伟大的运动员创造最好的成绩，而且吸引着世界上最伟大的建筑师创造最伟大的作品，包括世界建筑设计最高奖"普利茨克奖"得主在内的全球许多最具实力的设计团队和最有才华的设计师都参与了这次竞赛。

北京奥组委在选择全球范围内公开邀请设计单位参加国家游泳中心设计竞争的同时，从实际情况出发，综合各方面因素，又着重要求设计团队中必须有中方设计人员参加。并称这次招标为"国际设计竞赛"。

国家游泳中心竞赛办公室共收到来自全球 13 个国家和地区的 33 家世界级设计单位或联合体报名提供的有效资格预审文件。

经过资格预审，由专家委员会评选出 10 家设计单位作为参赛人，从 2003 年 3 月 14 日，开始了为期 3 个月的方案设计工作,并在6月初开始评审工作。

但是,正在所有的工作从2003年1月15日开始按部就班地进行的时候,"非典"来了。

2003年是在中国人的记忆里,特别是在北京人的记忆里是不愿去回想的一年,一年之间,北京人的生活发生了巨大的变化,就是人人必戴口罩。

当时,坐车、上班、去超市、到医院,处处一片白茫茫。再到后来,偌大的街道上行人也是寥寥无几。

一切发生得始料未及,中国人面临着申奥成功后的第一次挑战:北京真的能履行向国际社会的承诺,北京奥运场馆在2003年开工建设?

国家体育场和国家游泳中心的全球设计方案招标正待进行,两大场馆尚待尽快确定项目法人,一切工作已经迫在眉睫。

当时,北京被世界卫生组织列为"非典"重点"疫区",各地的特别是国外参赛方案无法抵达北京。尤其国外参赛人表示:在世界卫生组织未解除禁令前,是不会飞抵北京参赛的。

形势非常严峻、紧张,直接关系到前期工作能否完成,直接影响到场馆能否如期开工。

"非典"在四五月份迅速升级,成为"重灾区"的北京,人人唯恐躲之不及。

大家害怕出现任何差错,从2003年4月就开始联系参赛人,反复确认参赛时间,但直到5月,表示将按时参赛的寥寥无几。

但是,设计竞赛绝不能就此停止,形势非常严峻,大家都焦虑不已。

评审委员会了解到,国内"非疫区"只有三个:一个是西藏,二是三峡库区,三是海南。

经过慎重讨论,最后决定评审工作移师海南。

群策群力设计"水立方"

2002年底,王敏从国外回到了北京。

王敏毕业于清华大学建筑系,在拿到硕士学位后,赴美明尼苏达大学攻读第二个硕士学位,毕业后,分别在北美和加拿大的建筑事务所工作过。

一个偶然的机会,让王敏一步一步接近了那个"关于水的房子"。

当时,国家游泳馆国际设计竞赛公开招标,来自中国、法国、英国、美国等13个国家和地区的33家著名设计单位或联合体报名参加。

最后通过资格预审的10家中,就有在柏林奥运会游泳馆设计竞赛中胜出的法国多米尼克·普洛特设计事务所,2000年悉尼奥运会游泳馆设计团队澳大利亚考克斯集团有限公司与中国北京建筑设计研究院组成的联合体等,王敏加入的是由中国建筑工程总公司牵头的设计联合体。

2003年初,国家游泳中心设计班子选定3家。10多人的中方设计团队,包括3位年轻的主将:中建国际设计顾问有限公司总建筑师赵小钧,海归王敏和1975年出生的商宏,另外还有一位关键人物,就是后来担任"水立方"项目经理的悉尼大学工程学硕士弋洪涛。

另两家来自澳大利亚，一是奥雅纳工程顾问有限公司，这是一个国际顶尖的能与建筑师配合的工程师团队。也就是说，建筑设计师的奇思妙想要通过他们提供实际材料或手段来实现。二是 PTW 建筑事务所，它当时的一位年轻董事安德鲁·佛罗斯特，是 2000 年悉尼奥运会游泳馆的设计者之一，这位才华横溢的建筑师的梦想之一，就是 2008 年再大干一场。

在王敏看来，与大剧院和"鸟巢"的设计团队相比，他们这个团队中没有所谓的大牌，年轻人多，所以能够集思广益、有得商量，更能有彼此碰撞，擦出火花，互相激发创作的快乐。

王敏说："大家有僵持不下的时候，甚至感觉没路可走，前功尽弃了，但后来总能化解。"

2003 年 4 月 2 日，赵小钧与王敏、商宏飞抵悉尼，像演员体验生活那样，在这个到处望得见水、浪漫温情的城市里与澳方共同启动第一环节：概念设计。

大家竭力去想："用什么样式把水的情感带进北京？"

3 人首先否决的是波浪外形。他们猜测许多设计师会做一个或若干个波浪。

果然如此，不仅其他团队，联合体伙伴之一 PTW 的安德鲁拿出的方案就是一个"大波浪"，并被确定为执行方案。

但问题紧接着出现了：当试图把游泳馆的各项功能放进"波浪"时，发现有许多项目很难实现。

这时，王敏他们意识到："或许我们的机会来了。"

在中方团队看来，人类亲水，在于它的灵动、可变、刚柔相济，以及与周遭光影形成的互动，他们倾向于含蓄地表达水的生命力和美感。

3人从游泳馆功能出发，各拿出一个方案，不谋而合都是长方体。而最终合力打造出的则是一个更为极端和纯粹的方案：基底为正方形的方盒子。

这个行动，被王敏戏称为"地下起义"。

一天深夜，3人打电话给安德鲁，请他过来看看方案。这位澳方主要建筑师大方地说："20分钟后我到办公室。"

看到"方盒子"草模的安德鲁眼睛一亮，半分钟无语。离开办公室之前，他给团队设计组的主要成员发了一条短信：从明天开始，大家共同来做这个"方盒子"。

但"方盒子"并没有立刻说服团队其他成员，东西方的差异在此出现。澳方建筑师不理解："为什么是方？为什么在时间紧迫的情况下对原定方案作重大修改？"

在那一周里，团队气氛显得有些紧张，几乎到了濒临破裂的境地。

中方设计师与PTW建筑事务所的主设计师兼董事约翰·贝尔蒙做了一次有效的沟通，王敏连夜赶出一个讲稿，准备向澳方伙伴阐述"方"在中国哲学与文化中的深意，"水立方"在地理位置上与"鸟巢"及南端北顶娘娘庙的呼应关系。

第二天，王敏将讲稿摊在桌上，贝尔蒙拿起来看了看，代为宣读。这边三个中国人心里一松：这一道坎，终于过了。

于是团队重振士气，三家共谋一个"方"。

贝尔蒙后来说："当时考虑最多的问题是，如何在游泳馆这种形式感和功能性都很强的建筑里体现东方特点和中国文化的血脉。中方伙伴阐释的'天圆地方'、'方形合院'在中国文化中的重要性，促使我们对方形建筑做了特别的探索，最后的'水立方'效果很好，跟椭圆形的'鸟巢'形成了鲜明对比，就是中国人所说的'阴与阳'、'乾与坤'。"

此时，正方和正圆这两个极致的形状被确立为"方盒子"的主要图形。

接下来是琢磨对手。在一本最新的建筑杂志上，团队找到法国设计师多米尼克·普洛特2000年在西班牙成功建造的一个基座为正方形的场馆图片，预感可能会与他的方案撞车，而竞标前多米尼克设计事务所夺标呼声很高。

当时的问题是：怎样做一个不一样的"方盒子"？于是回到"水"的命题。

在悉尼的那段日子里，设计师们整天看着广场上的孩子嬉水，时刻感受着水的质感，想法一串串冒出来。譬如让外立面随风而动，在外立面不同区域种上水栽植物，但这些在国外实验性的作品都已经出现过，总感觉不够好。

奥雅纳工程顾问有限公司的小伙子克里丝是个电脑高手，精于三维设计。他下载了大量水的图片，并一张张往"方盒子"外皮上贴，然后做成三维效果图。

有一天，克里丝将一张布满晶莹水泡的图片包裹在"方盒子"四周。魔术出现，"方盒子"立刻晶莹剔透，仿佛有了灵魂。

大家看了都很喜欢这个样子。

奥雅纳工程顾问有限公司的坎弗丝是国际排名非常靠前的结构工程师，他从这张图片联想到100多年前卡尔文的"泡沫理论"，基于三维空间的最有限分割模型，这种结构模型在自然界中普遍存在，如水晶的矿物结构、肥皂泡的天然构造。

坎弗丝把这个理论用到了"方盒子"的表面，制成三维仿真效果图后，所有的设计师都兴奋起来：就是它！

但此时，赵小钧与商宏因为签证到期已提前回国，他们只能通过越洋传真对泡泡立面投赞成或否决票，而时间不等人，决策必须马上给出。

气质温婉的王敏在专业上是创新派，泡泡即刻唤醒她的直觉，让她欣喜。

而赵小钧一开始对泡泡外皮却并没有感到兴奋。

赵小钧1989年毕业于天津大学建筑系，国家一级建筑师，1993年创办了公司，在深圳做过一系列引人注目的作品，如1999年高交会展馆、深圳江苏大厦等。

相对于海归王敏和新秀商宏，他对国内的情况更熟悉，看到新颖、漂亮的泡沫，首先的反应是："实施会有多艰辛？"

赵小钧从不钻牛角尖，碰到卡壳，他常常会放下难题去玩，或者做别的。但常常玩着做着，解决难题的点子就出来了。

赵小钧说："我只是把问题从左脑拿开，放进右脑，然后在潜意识中捕捉最广泛的激发。"

赵小钧最后代表中方认可了泡沫方案，投了第三张赞成票。

赵小钧分析说："当10个方案摆在评审委员会面前，有时真的会失去标准，所谓看花了眼。因为所有的东西都相像又不同，往往极端的东西会成为标准。

"而一派天真的'水立方'方案其实有谋略，有狡猾之处，但那是对对手的分析和对中国传统文化中禅意的捕捉，譬如返璞归真。"

交图时，赵小钧看到了法国设计师的作品：两个方盒子之间用一块纱样建筑联系。他觉得有些失望，因为它不让人兴奋，它不是大师的最高水准。

赵小钧评价"水立方"说："因为它率真，专家、百姓、老人、孩子看了都喜欢。"

王敏也说："天真的东西容易打动人。回想当初对着悉尼海岸、人群痴呆呆的眺望和冥想，回想那些连着7天的开夜车、画图纸，设计师们今天才敢说：这是一件高情感投入的作品。"

"水立方"方案中标胜出

2003年1月至2月，评审委员会奥运场馆项目法人申请文件的评审推荐，报市政府批准，确定了10名国家体育场项目合格申请人，进入国家游泳中心项目法人招标的第二阶段。

奥运场馆的建设不仅在投融资机制上体现了勤俭办奥运的原则要求，也从工程规划和设计上为场馆的赛后利用考虑了充分的空间和功能。

此外，奥运场馆工程建设工作，都是在北京奥组委监督委员会和社会各界的严密监督下按国际惯例进行的。特别是其中的招标工作，集中体现了"公开、公正、透明"的指导思想在实际工作中的应用，也充分表现了北京要将2008年奥运会办成一届"阳光奥运"和"廉洁奥运"的决心。

当时在所有的参赛设计当中，"水立方"设计方案非常吸引人的眼球。

当时报名参赛的机构超过了60家，这些来自全世界的具有丰富经验的设计机构，共提交了60多个设计方案，最终三个方案脱颖而出，"水立方"就是其中之一。

由于当时爆发"非典"疫情，北京的评标工作无法进行。北京市委、市政府便将评标工作放在了当时中国境内仅有的3个非疫区之一的海南进行。

2003年6月18日至19日，所有参赛模型出北京后运往海南。

6月20日至25日进行技术初评，分成建筑、结构、奥运功能、机电设备、商业运营、造价、市政交通、风险控制8个专业小组，形成初评技术分析汇总意见。

2003年6月26日至28日进行方案评审，并邀请了11位评审专家：中国工程院院士、中国建筑西北设计院总建筑师张锦秋，中国台北国际奥委会委员吴经国，北京规划委员会副主任黄艳，北京奥组委执委、工程部部长平永泉，中国工程院院士沈世钊，中国工程院院士江亿，中国工程院院士、华南理工大学建筑设计研究院院长何镜堂，北京奥运会组委会体育部副主任、国际泳联执委张秋平。

另外，还有来自荷兰的著名建筑师库汉森、西班牙的国际著名建筑师泰格列布和来自美国的体育场馆运营专家约翰·莫森哈瑞。

张锦秋院士被推选为评审组长。

评标会吸引了众多来自国内的院士和专业人员，以及国际上的设计大师，他们都对由中国建筑工程总公司、澳大利亚PTW公司、澳大利亚ARUP公司组成的联合体设计的B04号即"水立方"的方案非常青睐。

根据专家评审、技术论证和群众投票，最终的结果也是众望所归，"水立方"高居榜首。大家一致认为，

"水立方"作为国家游泳中心的设计方案在各参赛设计方案中较为出色、可行。

根据评标程序，最终入选的3个方案被带回北京，向全北京市的市民展示，并接受市民投票。在征服了专家团之后，"水立方"在市民投票中以高票排名第一。

经北京市国有资产经营有限责任公司与设计单位谈判，并报经北京市委、市政府批准，这个命名为"水的立方"的建筑设计方案，最终从竞赛评审的3个优秀方案中胜出。

2003年7月，在"鸟巢"设计方案确定3个月之后，"水立方"被确定为国家游泳中心的设计方案。

椭圆形的"鸟巢"完全由保持钢铁原色的钢结构编织而成，充满阳刚气息；"水立方"则呈现宁静、祥和、诗意的气氛。"鸟巢"将是全世界跨度最大的钢结构建筑；"水立方"的膜结构也堪称世界之最。两座奥运场馆相映生辉。

"水立方"融建筑设计与结构设计于一体，构思新颖，结构独特，其功能完全能满足2008年奥运会赛事要求，而且易于赛后运营。

"水立方"方案的设计合同签约同步进行。作为国家游泳中心业主单位的北京国资公司，于7月29日上午与"水立方"的设计方举行正式的设计合同签约仪式。这是北京奥运项目建筑中首个签署设计合同的重大场馆项目。

签约仪式上，业主单位北京国资公司表示，国家游泳中心是 2008 年奥运会标志性建筑，它的设计、建设必将引起世人关注。国资公司一定严格按照"五个一流"的标准，抓紧时间，对设计方案进一步优化，做好年底开工前的一切工作，要努力将其建成国际一流、世界领先的经典奥运体育场馆。

"水立方"是一个长、宽各为 170 米，高 31 米的建筑，钢结构撑起了世界上面积最大的轻质阻燃材料 ETFE 透明膜外挂体系。除了用于项目的比赛大厅，还有热身池大厅、带泡泡顶的冰场大厅，想象中可以沐浴着阳光滑冰。

南端是嬉水乐园，会有冲浪、水滑梯、漂流河或者一些更刺激的项目。光脚走在池岸，不会觉得冷，因为"水立方"采用的是地板供暖。

室内绝大部分固定结构都像被水冲刷过，没有棱角，温润而不伤人。

馆内赛时设置的 1.7 万张座位分白、淡蓝、深蓝 3 种颜色，有层次地排列镶嵌，从高空俯瞰，好像方形的泳池落入水中，水花四溅。整个建筑看上去像一捧晶莹透明的水泡。

2003 年 6 月，当它以一张蓝色效果图出现在世人面前时，建筑师们将信将疑：这能做出来吗？

王敏飞回多伦多，正式辞去在当地建筑事务所的工作。她又立刻飞回悉尼，开始第二阶段施工图的工作。

"水立方"是按照 30 年至 50 年的使用年限来设

计的。

赵小钧说，他不同意"建筑永恒"之说，蓬皮杜艺术中心、巴黎圣母院是作为文化符号而得以存在数百年，大多数建筑应该像人类一样拥抱变化，融入时代。

王敏则从情感上希望"水立方"在赛后漫长的岁月里为北京的老百姓带来健康、美感和快乐。

与此同时，贝尔蒙在接受采访时温和地表达了这样的看法："中国建设的速度如此之快，舍得花钱，在国外，ETFE 膜的使用从来没有这么大手笔，因为造价昂贵。"

赵小钧不同意贝尔蒙的说法："所有的创新都有动机，应该从动机出发核算成本及收益。新材料的使用就是一种创新，有的是出于追求奢华，比如一模一样的水龙头，原来用铁的，现在换成金的；有的出于新技术的运用，比方两根柱子相距 3 米支起一根梁，那么用木头好了，但如果现在换成相距 300 米支撑一根梁，那木头肯定不行，得换别的，成本就会上去；还有一种是为了省人工、造价，使之更耐久。代替顶棚的 1437 块ETFE膜就属于这种。"

赵小钧为此还算了一笔账：每平方米 ETFE 的价格，原先德国厂商报价 300 欧元到 400 欧元，沈阳一家企业迅速瞄准商机与德国进行技术合作，实现了国内生产，每平方米不超过 2000 元人民币，而且供"水立方"使用的 ETFE 产地就在北京顺义，运输十分便利。

赵小钧说："如果使用玻璃幕墙，达到同样效果的造价在每平方米500欧元至600欧元。是的，放眼望去，全世界光鲜的面子都不便宜。"

"水立方"是奥林匹克公园内唯一可由公众捐资建造的场馆，造价大约10亿人民币。华人华侨认捐踊跃。

赵小钧说："假如奥林匹克公园里的建筑群也要角逐它们的奥斯卡，最佳女配角奖应该颁给'水立方'。"

另外，王敏还讲述了国家游泳中心设计成方形的三大理由：

首先，从城市规划角度来说，北京是个从方形演化成的城市，在这个格局里，方形代表着人类的智慧。从工程上来讲，方形和长方形能为赛后利用留下足够的空间。

第二，由于国家游泳中心靠近国家体育场"鸟巢"，所以在国家游泳中心的设计之初，也考虑到了与"鸟巢"的协调关系。

最后一点是考虑到了观众视觉上的感受，我们对水的理解更希望它是外表上很宁静的感觉，但又蕴藏着很多可变的可能性，这是水的特点。再加上膜材料的使用，让观众在不同的时期通过不同的光线，得到不同的感受。

北京市国资公司副总经理、国家游泳中心公司总经理康伟说:"'水立方'的设计得到了专家和广大市民的认可和喜爱,这个湛蓝色的水分子建筑与东面'阳刚'的国家体育场'鸟巢'一起体现了中国建筑理念。"

"与主场馆'鸟巢'的设计相比,'水立方'体现得更多的是女性般的柔美。这两个建筑一圆一方,一个阳刚,一个阴柔,形成鲜明对比,在视觉上极具冲击力。"

康伟介绍说:"当初'鸟巢'与'水立方'的设计招标几乎是同时启动的,当时这两个建筑在外形上的搭配呼应让所有人眼前一亮。

"历届奥运会主场馆多为圆形建筑,国家体育场也不例外,'水立方'的设计团队在参与设计投标时,充分考虑到这两个标志性建筑在外形上的呼应,方形的游泳中心与圆形的国家体育场一起体现了'天圆地方'的理念。"

2003年7月29日,国家游泳中心设计合同的签字仪式在北京饭店举行。至此,设计竞赛工作圆满完成。

国资公司成立领导小组

2002年11月,北京市国资公司副总经理康伟提出了解决领导体制和决策机制问题的工作方案,成立国资公司奥运领导小组。由国资公司主要领导挂帅,并设一个执行机构:奥运项目管理办公室。

早在2001年4月,由北京市政府按照现代企业制度改制重组而成的国有独资公司北京市国有资产经营有限责任公司成立,对北京市重要的国有资产进行经营和管理。

2002年4月,康伟接受组织委派,从北京市政府外办调入北京市国资公司,被任命为党组成员、副总经理,主要负责国际业务、产业投资和资产管理,重点负责奥运工作。

那个时候的北京,仍处于刚刚申奥成功后的喜悦之中。很显然,几乎所有的人都知道奥运工作的第一步是奥运工程的建设。但是,很长一段时间,这些都只是在讨论和方案论证阶段。

成功举办奥运会,一流的场馆和设施只是最基础的条件。刘淇在北京奥组委成立之初,就着重指出做好奥运场馆建设和规划工作是重要任务之一。

但怎样开始,如何进行,如何组织,如何实施,一连串现实的问题摆在大家面前，谁也没有一个清晰的思路。

而当时，除了各委、办、局具备的专项管理职能外，和奥运工作有关的只有两家，一是新成立的北京奥组委，一是国资公司。

当时的方针是：北京奥运会要"办一届历史上最出色的奥运会"，北京奥运会要"成为奥运史上最辉煌的篇章"。按照该方针，市委、市政府很快确定了"一定要有两个最先进的奥运场馆"的初步原则。

大原则确定后，仍有一个问题亟待确定解决，那就是用什么资金来建场馆的问题。社会各界反馈来的消息，每一个中国人都想为奥运作贡献，无论是企业还是个人，无论是国内还是海外华人华侨，越来越多的人表达了要捐款的愿望。

但在申办奥运会时，北京市曾郑重向国际奥委会承诺：中国政府的财力没有任何问题。那么，接受来自社会各界的捐款会不会给人以"集资办奥运"的嫌疑？

在慎重研究历届奥运会举办国的经验和国际惯例以及国际奥委会的规定后，得出的结论是：可以接受海外华人华侨、港澳台同胞的自愿捐款，满足海外华人华侨同胞参与奥运的心愿，充分体现海外游子的爱国之心，增强中华民族的凝聚力。

原则确定后，捐款资金的使用，特殊之特殊，尤其要做到公开、透明。

当时有两个方案，一是用在所有的奥运场馆，二是只用在一个场馆。

之后大家又考虑到一个问题："若用在一个场馆，到底用在哪个场馆？"

国家游泳中心在三大场馆中通常排老三，而中国人都有一个解不开的游泳情结，在跳水项目上中国人又占有绝对的优势，何况，一个游泳馆的投资不会很大，而当时能捐多少也不清楚。看来，这是最保险、最好的选择。

随后，北京市政府下发《北京市人民政府关于港澳同胞、台湾同胞和华侨华人捐资建设北京奥运场馆的意见》明确指出：

> 捐款资金全部用于国家游泳中心，如有剩余，剩余部分用于市政府另行指定并公布的其他奥运场馆及相关设施。如有不足，不足部分由市政府解决；国资公司作为国家游泳中心项目业主。

同时，成立了由市委、市政府主要领导挂帅的北京市侨胞和港澳台同胞共建北京奥运场馆委员会，共建委员会办公室设在市侨办。

国资公司的前身是老国资局，当时的工作人员大部分都是资产管理、财会金融领域方面的专业人才，基本上没有建设背景。

康伟意识到，奥运项目的运作和管理与公司的常规业态完全不同，必须建立适合工程建设项目特点的管理模式，形成按建设企业特有机制进行运作的执行机构。否则，后续的建设管理将会陷入僵局，市委、市政府交予的任务根本无法完成。

最初的奥运项目管理办公室是在国际业务部的基础上加挂了一块奥运的牌子，实为两块牌子、一套人马。而当时的国际业务部是由康伟刚刚组建的，只有两个人。

要干的事情太多，康伟只有带着这两个人整天忙忙碌碌的，即使有分身之术也忙不过来。

解决了领导体制和决策机制问题，接下来马上要解决的是人的选拔、制度的建设、机制的建立。

人的选拔，公司采用了市场化招聘的策略。这次奥运项目建设的人员选择把关是非常严格的，用"过五关、斩六将"来形容进入公司的员工，一点也不过分。通过严格筛选的员工，都是最优秀的。

康伟尤其意识到：资金的管理非常重要，尤其是"水立方"的资金来源特殊。

2003年1月，康伟组织该议题在公司奥运领导小组会上专题讨论，认为建立奥运项目财务制度十分重要，是加强奥运资金管理，做好内部控制的必要手段。

不久，《奥运项目财务管理制度》及《国家游泳中心捐款资金管理办法》相应出台。

"水立方"的开工时间最早是确定在 2003 年 12 月 12 日，其实在 8 月集中人力全力以赴进行方案审查时，业主国资公司就有一部分人马作为"先遣部队"进入现场，已经开始现场施工前的准备工作。

当时的奥运场馆中心区满目疮痍，到处是一片拆迁后的狼藉。一堆一堆的各种垃圾，垃圾下面还有不小暗洞或臭水沟。

当时这些垃圾还不算什么。但是，在红线内边有一丛丛的树，它们大小不一、排列无序、参差不齐。大家数了数，共有 424 棵。

根据开工的时间，"水立方"开工前准备工作要排计划，2003 年 10 月下旬应具备临建施工进场条件，其中用地范围内的树木必须达到移伐条件。

2003 年 10 月，北京市奥运场馆建设指挥部正式成立。其相应的办事机构北京市奥运场馆建设指挥部办公室也随即成立。

国资公司立即直接请求指挥部紧急协调，要求采取有效措施。

2003 年 11 月 8 日晚，朝阳区园林绿化三队连夜施工，完成了影响施工场地平整的第一批树的移伐工作。

中建一局中标建"水立方"

2004年3月，举世瞩目的奥运场馆"水立方"开始工程招标，中建一局积极参与投标，并安排陈蕾牵头负责公司对"水立方"的技术投标。

经过了严格的资格预审和评标程序，中建一局建设发展公司以科学的施工组织设计、有效的质量安全保证体系和合理的报价最终中标。

中建公司是一支具有较高施工总承包水平的建筑公司，先后承担过中国国际贸易中心二期等大型建筑工程，多次获得"中国建筑工程鲁班奖"。

北京市奥运场馆建设指挥部、市审计局、监察局、市标办和公证处等监督部门对招标活动进行了监察。

2004年7月，中建一局中标"水立方"后，陈蕾凭借对"水立方"的熟悉度和多年在一线打拼的经验，成为领导心中总工程师的最佳人选。那一年她只有33岁。

陈蕾1971年9月出生于湖北黄石，17岁考入武汉理工大学，从小喜欢闻建筑蓝图那种氨水味道的她，选择了工业与民用建筑专业。

1992年大学快毕业时，陈蕾也一度因性别歧视而找不到工作。无奈之下，她想到了自己大学期间的实习单位中建一局建设发展有限公司下属的设计所，于是，她不远千里奔赴北京，来到这家公司设计所说明来意。

但当时，所领导并没有当即答应，而是让她回学校等待消息，可是她却久久没有得到回音。

骨子里有一股坚韧劲儿的陈蕾觉得不能这样放弃，在当时通讯还不太方便的情况下，陈蕾跑到邮局，排队打长途，鼓足勇气打到公司的上层部门人事部，向他们毛遂自荐。

一个礼拜后，陈蕾收到了公司的录用函。她没想到自己的一次主动出击，使她成为一名中建人，开启了在这个男性居多领域里的职场生涯。

领导当初之所以选择陈蕾担纲重任，除了信任外，也是感觉到"水立方"这个造型独特的建筑物体现出一种"柔中带刚"的气质，因此，让气质更加契合的女性来把握全局，也许会有意外的惊喜。

但是，2004年7月刚一上任，陈蕾就遭遇了方方面面的质疑。

当得知那个年轻姑娘将全面主持项目现场的技术工作时，业主单位、分包单位乃至监理公司都不答应："33岁！怎么能扛得起这个举世瞩目的工程呢？"

"水立方"是所有奥运会场馆中唯一一个由港澳台同胞与海外侨胞共同捐资建设的奥运场馆，是首次将存在于自然界的泡沫理论应用于建筑，是世界上第一座多面体空间钢架结构建筑，也是当时世界上规模最大的膜结构工程。

陈蕾认为，如此具有国际重大影响力和超高技术难度的工程，由她来全面主持项目现场的技术工作，不禁让人感受到了巨大的压力。

人生能有几回搏？承建奥运工程的神圣使命让陈蕾暗下决心：要么不做，要么做到最好！

于是，陈蕾把家庭和孩子扔给了全力支持她的丈夫和老人。把化妆品、高跟鞋、连衣裙也收起来了，每天就是牛仔裤和运动鞋，怎么简便怎么来，开始了家、施工现场两点一线的生活。

"水立方"有太多技术都是前所未有的，工作量是其他同等工程的两到三倍。

陈蕾当时抱定一个信念："我必须事事带头，这样别人才能服我。"

从此，陈蕾天天熬夜，把第二天的工作列好，图纸每个环节都熟记于心，第二天到场地，各种数据一个个往外蹦。

有人问陈蕾："为什么你的工作道路看上去很顺？"

陈蕾回答说："我想有几个原因。我工作很努力，在施工中，我有很多'歪招'，能够灵机一动解决问题。我也敢于在关键时刻作出决策。同时，我很真诚地为业主方、合作者、下属的分包着想，他们因此也信任我。"

二、施工建设

- 刘淇说:"今天开工的国家游泳中心具有特殊意义,它是以港澳同胞、台湾同胞和华侨华人捐资为主建设的。这个场馆的建设将体现中华民族伟大的团结精神……"

- 郑方说:"'水立方'的钢结构是一个'三无工程',无先例、无规范、无标准。在设计、施工时,'水立方'的钢结构甚至都没有一个标准的称谓。"

- "水立方"钢结构的设计和施工震惊了世界,英国《卫报》发表文章称其为"理论物理学的杰作"。

举行"水立方"开工仪式

2003年12月24日9时50分,2008年北京奥运会场馆中,唯一一个由华人华侨自愿捐资修建的比赛场馆——国家游泳中心"水立方"举行开工仪式。

中共中央政治局常委、全国政协主席贾庆林,中共中央政治局委员、北京市委书记、北京奥组委主席刘淇,国务院台办主任陈云林,国务院侨办主任陈玉杰,北京市委副书记、市人大常委会主任于均波,市政协主席程世峨等领导,港澳台同胞代表霍震霆、黄志源先生等共同为国家游泳中心建设工程的奠基石铲下了奠基土。

大家期待,3年后,一座新颖别致的奥林匹克建筑"水的立方",将以她那冰晶状的亮丽身姿与雄踞在城市北中轴路东侧的"鸟巢"国家体育场相对映衬,一齐装点景观如画的奥林匹克公园。

刘淇在开工仪式上致辞。他说:

> 今天开工的国家游泳中心具有特殊意义,它是以港澳同胞、台湾同胞和华侨华人捐资为主建设的。这个场馆的建设将体现中华民族伟大的团结精神,将体现港澳同胞、台湾同胞和海外华侨华人的爱国之情,将为中华民族的奥

运史留下一个永昭世人的标志性建筑。

我代表北京市委、市政府向积极参与北京2008年奥运筹办工作的港澳同胞、台湾同胞和广大华侨华人朋友致以崇高的敬意和衷心的感谢！希望更多的朋友和我们一道，为举办历史上最出色的一届奥运会而共同努力！

百年大计，质量第一。希望各参建、监理的单位，本着对国家、对人民、对历史高度负责的精神，精心组织、精心施工、精心管理，以一流的工程质量，建设好国家游泳中心，为子孙后代留下一笔象征中华民族大团结精神的宝贵财富。希望参建单位、监理单位珍惜广大港澳台侨同胞倾力捐助的宝贵资金，使国家游泳中心能够更好地反映广大港澳台侨同胞的心愿。

霍震霆、黄志源先生代表捐资的港澳台侨同胞发了言。他们表示：

全球华人血脉相连，每一个炎黄子孙都应该为中华民族的伟大复兴贡献自己的力量。北京奥运会是中华民族的大事，能够参与到这一伟大的历史事件中，让每一位港澳台侨同胞感到骄傲、自豪，这是中华民族大团结伟大精神的体现。

国家游泳中心规划建设用地6.3万平方米，总建筑面积6.5万平方米至8万平方米。2008年奥运会期间，国家游泳中心将承担游泳、跳水、花样游泳、水球等比赛。可容纳座席1.7万个，其中永久座席为6000个，临时性座席1.1万个。

按照体育设施向社会化、产业化发展的指导思想，国家游泳中心将建成为具有国际先进水平的，集游泳、运动、健身、休闲于一体的中心，将成为奥林匹克运动留下的宝贵遗产和北京城市建设的新景观。

对于举办历史上最出色的一届奥运会这一庄严承诺，北京一直充满信心，因此，奥运会筹办工作开始后始终没有鼓励市民捐赠。

但是北京赢得2008年奥运会主办权后，越来越多的港澳台侨同胞通过各种渠道向北京市领导表达了要为北京奥运会作贡献的强烈愿望。

为了满足广大海外同胞这种真诚的愿望，中央和北京市领导决定在准备修建的奥运场馆中选择一个，以供港澳台侨同胞捐资建设。

北京市还专门设立了港澳台侨同胞共建奥运场馆委员会，作为捐赠事务服务机构并制定了捐赠奖励办法。例如捐款数达到100美元时，按照自愿的原则，港澳台侨同胞共建奥运场馆委员会将在媒体上公布捐赠者的姓名或名称，并在奥运场馆为捐赠者留名纪念。

2003年7月15日，北京市港澳台侨胞共建北京奥运场馆委员会在北京宣布：接受港澳同胞、台湾同胞和海外华侨华人共建奥运场馆的捐赠。

捐赠办法一公布，立即得到了华人华侨的热烈响应，迅速形成了捐赠热潮。

正在北京出差的日本中文产业株式会社董事欧阳乐耕参加了这次新闻发布会，他当即便将随身携带的1000美元交给了北京市人民政府侨务办公室主任乔卫，这笔钱也成为到账的首笔捐款。

欧阳乐耕说："我的心情非常激动，能为2008年北京奥运会贡献自己的一分力量是我的荣幸。举办奥运会对北京和全世界华人而言是功在千秋的大事，奥运会最能体现海外华侨华人与国家的血缘关系，是全球华人向世界展示风采的舞台。关注和支持北京奥运会是全世界华人义不容辞的事情。"

香港的霍英东先生一家历来对祖国的体育事业非常关注和支持。早在1990年亚运会时，就曾为北京亚运会捐资建设了游泳馆、武术馆、博物馆3个体育、文化场馆。"水立方"的捐资共建当然也牵动了霍氏家族的关注。

2003年，代表霍英东先生来京出席"水立方"奠基仪式的霍震霆表示，如今的中国在经济实力上早已与20世纪90年代不可同日而语，北京自己完全有能力举办一届最出色的奥运会。北京市政府决定将国家游泳中心作为港澳同胞、台湾同胞和海外华侨华人捐资建设场馆,并不是政府缺钱,政府作出这样的决定,完全是为了尊重和顺应广大港澳同胞、台湾同胞和海外华人共建祖国、共建奥运的心愿,也是为大家创造参与奥运会的机会。

霍震霆回忆说,1993年,北京第一次申办奥运的时候,霍英东许下心愿:一旦北京申奥成功,他将为北京捐资建设一座体育场。无奈北京以两票之差惜败,霍老先生的心愿未能实现。

2001年7月13日,北京终于申办奥运会成功,当时身在莫斯科的霍震霆激动地流下了热泪。在第一时间得知这一喜讯的霍英东老先生也万分激动,他终于可以为祖国举办的奥运会作出自己的贡献。

全美中文学校协会是美国很有影响的一个华文教育组织,它联系着美国近300所中文学校数万个华侨华人家庭。

该协会秘书长庄吉珊女士介绍说,在每个中文学校,学生们每天都会将自己了解到的有关中国的新闻张贴在学校的新闻消息栏里。北京申办2008年奥运会成功后的第二天,消息栏里的帖子特别多,有关北京奥运会的内容经常见到,大家都感到特别自豪。庄吉珊的一位朋友告诉她,把北京申奥成功的消息告诉美国的同事,是她在美国多年感到最自豪的事情。

全美中文学校协会在得知北京决定接受海外华侨华

人自愿捐款建场馆的事情后，专门搞了一个启动仪式，仪式之后，大家都踊跃地捐款。

虽然大部分学生捐款的数额只有几十美元，但都是他们积攒的零用钱。学生们都要以自己有限的能力来表达对祖国的热爱和支持。

庄吉珊女士还说，每天都有很多华侨华人家庭捐款，协会接受捐款几乎成为一项主要的工作。

"水立方"奠基第二天，《北京日报》发表题为《浓浓中华情融入"水的立方"》的文章。

的确，从几美元到上千万美元，钱的多少不同，但所有捐资人的心愿是一样的：为家乡举办奥运盛会作贡献。

真诚的祝愿和热切的期盼昭示着华夏子孙血浓于水的亲情，表达了海外华侨华人的赤子之心。

"水立方"建设开工仪式由北京市委副书记、代市长、北京奥组委执行主席王岐山主持。

中央有关部委领导陈佐洱、刘志峰、于再清、段世杰，北京市领导龙新民、尤兰田、翟鸿祥、刘敬民，北京奥组委领导蒋效愚、李炳华、王伟，市有关方面领导柳纪纲、刘晓晨，港澳同胞、台湾同胞、海外华侨华人捐资代表等出席了国家游泳中心开工仪式。

工程总承包合同签定

2004年7月17日下午，国家游泳中心建筑安装工程施工总承包合同在北京饭店正式签约。

北京市副市长、北京奥组委常务副主席刘敬民出席签约仪式并致辞。

北京市政府副秘书长阎仲秋主持签约仪式。

业主方北京市国有资产经营有限责任公司与施工总承包方中建一局建设发展公司代表，分别在施工总承包合同上签字。合同金额约为6.6亿元人民币。

刘敬民说：

总承包合同正式签字，标志着国家游泳中心项目的建设进入了一个崭新的阶段，揭开了该项目建设全面展开的大幕。

从2001年北京申奥成功到目前的短短3年中，北京奥运会场馆建设已经按既定计划进入到如火如荼的建设阶段，再次向全世界证明了中华民族办好2008年奥运会的决心和能力。

国家游泳中心是北京2008年奥运会标志性建筑物之一，直接关系着我们能否举办一届高水平的奥运会。

参与工程建设的每一个单位、每一位建设者都要以高度的主人翁意识和民族责任感，牢记"百年大计，质量第一"观念，在安全、质量、工期等方面争创一流，把国家游泳中心建设成精品工程。

在设计施工过程中，还要实施"阳光工程"，建设"廉洁奥运"，贯彻"绿色奥运、科技奥运、人文奥运"三大理念，严格按照法律规定，坚持"公开、公平、公正"的原则透明运作，规范运作。

市国资公司表示，市国资公司作为国家游泳中心的业主，将一如既往地严格执行合同规定，依法行使业主权利，认真履行业主义务，切实承担业主责任，积极做好对参建各方的协调组织、督促检查工作，把工程安全和质量作为头等大事抓紧、抓好，为北京奥运会增光添彩。

中国建筑工程总公司副总经理易军代表中建一局建设发展公司承诺，在下一步的施工中要贯彻北京奥运会的三大理念，以先进的技术，高质量的管理，力争安全、高质量地完成国家游泳中心建设工作，勇夺"中国建筑工程鲁班奖"，力争"奥林匹克建筑奖"，将国家游泳中心建成传世精品。

国家游泳中心建筑安装工程施工总承包方的选择，

自 2004 年 3 月开始公开招标。

中建一局依靠实力中标以后，就开始调集以陈蕾为代表的大批精兵强将，开始投入"水立方"工程建设中。

"水立方"工程自 2003 年 12 月 24 日开工建设以来，各项工作进展顺利。

北京奥组委、市港澳台侨同胞共建奥运场馆委员会、市奥运会场馆建设指挥部等单位和市政府相关部门负责人，参加了 7 月 17 日举行的总承包合同签约仪式。

进行"水立方"地面施工

2005年1月17日,国家游泳中心业主单位北京市国有资产经营有限责任公司负责人说:"'水立方'自2003年12月24日开工以来,按进度计划稳步实施,进展顺利。"

但是,大家回忆起在2004年8月27日这一天,康伟刚刚从雅典奥运会的开幕式回来不久,"水立方"却经历了其他奥运场馆所未有过的痛苦。

当天上午直至中午,天气晴好,风力不大。15时10分左右,从"水立方"和"鸟巢"之间部位突然刮起一阵旋风。

起初人们并未在意,可是这股旋风在几秒钟之内突然加大,并直奔"水立方"的东北角,在到达东北角的现场围挡部位时,风力之大让所有人感到震惊。

大风所到之处,将所有的钢管、卡子、钢制围栏全都像纸片一样一扫而光,在空中随风旋转飞舞。

大风从12米深的基坑里面,把10多桶重达50公斤的防水涂料丢上高空,再像天女散花般地泼洒下来,整个南广场区域都是黑色的。

现场耸立的直径达30厘米的不锈钢国旗栏杆被吹倒,旋风夹杂着钢板直向"水立方"南侧扑来,施工人员为了躲避空中的钢板，纷纷跑向南侧临时办公用房中。

更大的不幸发生了，旋风将已做加固的两栋二层临时办公用房在不到一分钟内摧毁，其余几栋钢制盒子房的二层基本也被摧毁，室外钢楼梯像被扭麻花似的扯了下来。

整个过程在5分钟内结束。风灾发生时，管理团队的全部技术管理和现场负责人员，正在其中一栋钢制盒子房的一层开会。

事后让大家感到万幸的是，旋风刮到该栋盒子房时，风力突然变小，并逐渐消失。

"水立方"现场的两名管理骨干人员正在去雅典奥运会闭幕式的路上，风灾发生时他们刚刚抵达雅典机场，现场只剩下负责人王洪世和吕静。

康伟接到王洪世和吕静的电话后，在5分钟之内就迅速赶到了现场。

看到那如同战役过后的场面，整个工地上一片狼藉，受伤人员众多。

风灾过后几分钟内，现场人员就开始自救，并在第一时间拨打110。随即，消防车、救护车以及公安方面的人员赶到。

当时中心区四周的路况比较复杂，所有车辆几乎找不到路，救护车到达中心区北侧的大屯路口后，不知怎样到达现场。

康伟马上派司机将救护车、抢险车等接了过来。受伤人员立即被送往医院，轻伤人员在救护车内包扎。

后来清点受伤人数，住院的伤者共计 48 人，其中两人不治身亡。轻伤者就很多了。

市委、市政府对这次风灾高度关注，当时主管奥运工程建设的副市长刘敬民在第一时间到达现场，并召开现场会议。

同时，北京市安监局迅速介入调查，当时刚刚上任的局长周毓秋亲自听取了汇报。

按照规定，工地每天都记录声像资料，这些资料详细地记录了整个过程。

市气象局专家看过声像资料后，他们分析，风灾为局部达到 12 级以上的强烈龙卷风，属于自然灾害。北京地区是 50 年来第一次发生。

风灾过后，偏偏又下起了小雨，康伟在现场当即成立自救工作小组，王洪世作为业主代表牵头负责开始自救工作，连夜组织参建各方抢救工程资料。

当天晚上，小雨转大雨。好在抢救工作比较及时，工程资料的损失降到最低点。

事情来得太突然。总包刚刚做完施工前的准备，马上就要开始大规模施工，遭受如此打击，尤其是总包单位的项目经理孙洪庄心理上是难以承受的。

不过，孙洪庄很快就组织各分包队伍，迅速摆脱风灾带来的影响，以工程开展为第一目标，在不计代价的前提下，按计划开始了"水立方"的建设。

"8·27"风灾发生后,所有人心有余悸,人心惶惶。各种传言也随风而起:有的说"水立方"正处于中轴线上,压了"龙脉",有的说挡了南边娘娘庙的风水,"娘娘"发脾气了。

风灾发生的那天,正是大批民工进场的第二天。所有在场的人目睹了整个风灾的过程,传言一来,很多民工打算铺盖卷一背就走人。

而这个时候,"水立方"正处于一个关键的转折点。总包单位刚进场,刚刚与前一个施工单位交接完毕,就遭到了毁灭性的打击。人心不稳,不仅是眼前面临的灾后重建工作需要鼓舞军心,更重要的是后面还有四五年的工程要做。近万人的思想、认识问题的角度不尽相同,掺杂了各种想法和理念。

工程建设决策者意识到:针对当前情况,稳定军心至关重要。

这时,总包单位传话给国资公司,有人建议,一是去"娘娘"的老家泰山之巅请一块泰山石来压在中轴线一侧;二是泰山石可以作为一处游览景观。

康伟是不相信这些的,但出于稳定军心方面的考虑,另外"水立方"将来建成后有南边的娘娘庙做近邻,从尊重历史的角度,也的确该有所了解。

明清以来,北京周围共有五顶,"五顶"是老北京对五座碧霞元君庙的俗称。这五座碧霞元君庙分别建在北京城的四郊,即东顶、西顶、南顶、北顶、中顶。

西顶建在海淀区蓝靛厂，在五顶中规模最大，保存情况最好。南顶建在丰台区南苑大红门南顶村，经修缮，保存较好。中顶建在丰台区南苑乡草桥北南顶村，东顶建在东直门外，已经痕迹全无。北顶建在朝阳区的北顶村，也就是"水立方"正南的这座北顶娘娘庙。

对北京有所了解的人都知道，北京城中有社稷坛，周围有天坛、地坛、日坛、月坛，这是明清时代朝廷的大型礼仪建筑，"五顶"则表明除了那些大型的祭坛之外，北京城里还有一套呈五方分布的民间寺庙系统。

有关资料上也说明："南北二顶的碧霞元君庙，都是在明朝北京城的中轴线向正南延伸到天坛和先农坛最初兴建之后才开始建成的。"

后来，由于北京城市总体规划已经把纵贯全城的中轴线向南北两方延伸，直到过去的南顶和北顶。所以，保护并研究这一文物，有着特殊的意义。

在"水立方"设计方案招标时，国资公司曾经特意将此写入招标文件，要求设计方案必须考虑这一因素。

康伟到泰山取了泰山石，并且和"水立方"一样，放置在娘娘庙的正北，也就是中轴线延长线上。

从此，泰山石就成了工地上的固定景观，伴随着建设者们走过了建设过程中的风风雨雨，见证了"水立方"的点滴成长，它一直伫立在南广场的绿树掩映之中，成了重要的"旅游景点"。

截至 2004 年 12 月 31 日，完成全部土方、桩基和防水等基础工程，建设资金累计支出约 1.46 亿元人民币。

进入 2005 年后，"水立方"的混凝土施工抓紧进行，并逐步走出了地平线。

3 月 21 日，第二十九届奥运会监督委员会视察国家体育场和国家游泳中心建设工地时，现场负责人介绍说，两项工程都将于 6 月完成全部混凝土施工。

中共中央纪律委员会常委、监察部副部长、第二十九届奥运会监督委员会主任黄树贤，带领监察部、审计署、国家发改委、建设部、教育部、国家体育总局和北京市人大、市政协的监督委员会部分委员，视察了这两个最早开工建设的奥运场馆。

为了保证"水立方"工程的质量，监理单位使用了近乎苛刻的监督手段。

在混凝土结构施工中，监理单位对质量的控制延伸到了水泥厂、沙石料厂和搅拌站，这在普通的工程监理过程中是不多见的。

"水立方"的监理方北京帕克国际工程咨询有限公司副总经理韩涛说，监理人员每周都要对搅拌站进行不定时的检查，对运送混凝土的罐车进行全程跟踪监督，对被退回的混凝土罐车更是要进行登记造册。

"水立方"预应力大梁对混凝土质量要求非常高，稍有不慎，就会造成大梁开裂。

为了保证质量，监理单位将质量控制的重点放在了水泥厂。

大梁使用的水泥必须要在出厂后迅速降温，否则无法保证质量。

监理单位要求水泥厂就地对出厂的水泥采用冰块降温，在搅拌混凝土过程中，也要求相关单位使用冰水搅拌，并使用红外线测温仪，对每罐搅拌出的混凝土测量温度，以此来保证大梁的浇灌处于最佳状态。

2005年第一季度，国家游泳中心"水立方"的主体混凝土结构施工已完成。

进行"水立方"钢结构施工

2005年以后，与地面混凝土施工同步，"水立方"钢结构的各项准备工作也正在紧锣密鼓地进行。

当时，中国的钢材价格疯涨，因此，从材料采购到加工、直到最后安装，每一步都异常艰难。

"水立方"的钢结构是基于世界上对最有挑战性的数学课题答案的最佳诠释，在结构最安全、可靠的前提下，结构用钢量最少。

这样的结构形式其实在人们的日常生活中普遍存在，当人们看到不经意间打开的啤酒泡泡，就会知道"水立方"采用的是一种什么样的钢架结构。

由于法国戴高乐机场2E候机厅穹顶的轰然坍塌，国内将目光高度聚焦在当时在建的几大著名建筑上。"水立方"是其中之一。

"水立方"在经受了常规的抗震审查后再次接受了超限抗震审查。钢结构用材不仅最终选用了尚未批量生产的高标号钢材，而且在此基础上又提出了1.2倍延展率的高标准要求。

2005年初，在国资公司钢结构部署会议上，打破惯有的管理模式，康伟要求由参建各方、业主、项目管理公司、监理单位、总包单位及钢结构实施单位等组成专门的核心工作组。

会议决定,由孙彦朝牵头负责钢结构施工,因为他曾经干过多年的施工,有丰富的施工经验。

国资公司在钢结构工程前期,就组织开始了钢材采购工作,但采购进展并不顺利。就在2005年春节那天,他们还在和有关专家、钢协开会。

当时面临的主要困难有:

一是钢材资源紧张,2005年国内钢材价格一路飞涨,甚至出现了有价无市的局面。

二是高强度Q420钢材、Q345钢材达不到抗震建筑标准。建筑抗震规范要求的钢材延伸率比钢厂规范要求的高。

这就意味着,钢厂出来的合格产品,不一定能用在"水立方"上,钢材不但要"硬"还要"韧",延展性必须达到"水立方"的要求。

三是各大钢厂生产档期均已排满,无法按时满足"鸟巢"、"水立方"两个场馆的钢材供应。

为了顺利解决上述问题,他们给市委、市政府打了报告。在"水立方"建设中,刘淇现场视察"水立方"共27次。

2005年4月12日,刘淇以老冶金部部长的身份亲自宴请国内知名钢铁企业领导,鼓励钢厂为奥运工程作贡献,努力解决"鸟巢"、"水立方"的高标准钢材供应问题。

各大钢厂纷纷拿出了看家本事。

2005年春节期间，鞍钢安排了两轮试验，抗震性功能结果均不理想，后又安排了第三轮试验，经厂方艰苦努力，调整钢材冶炼和轧制工艺，终于试制成功。

经过多方协调，用于加工主体钢结构构件的钢板分别在鞍钢订货7500吨、武钢700吨、天津无缝钢管厂1300吨，第一批钢材于2005年4月中旬到货，同年9月全部到货。

钢结构是"水立方"的骨架，其质量直接关系着这座建筑的安全，监理单位为此直接派监理人员驻厂监造，3万多个钢件都必须由监理人员签字认可后方可运往施工现场。"水立方"建设期间，4名监理人员驻厂长达一年之久。

"水立方"的钢结构最大的特点就是不规则，纵横交错中透着一股自然的纯美。然而，正是这种自然的不规则的形态给焊接带来了极大的困难。

"水立方"设计单位之一的中建国际设计顾问有限公司总建筑师郑方开玩笑说："'水立方'的钢结构是一个'三无工程'，无先例、无规范、无标准。在设计、施工时，'水立方'的钢结构甚至都没有一个标准的称谓。"

"水立方"同样也是全球钢结构专家的关注点。"水立方"使用的钢结构被称为"泡沫理论"，在国外尤其是欧洲，成为钢结构中理论的"解不开的难题"。从最初提出这种模式开始，已有数千名建筑专家为之奋斗了100

多年。因此，在"水立方"施工中遇到的种种困难都在预料之中。

"水立方"宣布将实践"泡沫理论"后，在全球建筑业产生了很大的震动。

在"水立方"建设的同时，全球研究"泡沫理论"的建筑学家几乎都到过施工现场取经，有的甚至来过多次。这些专家都为中国人自主创新的能力由衷钦佩。

来自德国的一位专家称："若干年内，'水立方'将是世界钢结构'泡沫理论'的教科书。"

"水立方"的外墙和里层由上千个气泡组成，为了实现这种不规则多面体空间钢框架结构，施工队需要在空中把一根根钢杆件当成气泡的边棱，逐个在空中按照设计好的位置固定，再与连接边棱的钢球焊接，制成气泡形状。整个"水立方"钢结构共使用两万多个杆件和一万多个连接球。

刚一开始，"水立方"进行钢结构焊接时，施工单位考虑的方法也和"鸟巢"一样，在地面操作台上焊接一部分，再吊装进行整体焊接。但试验了几次以后发现，要把钢梁拼成气泡形状，找到钢梁在空中的准确位置非常困难。

由于"水立方"的组成部分都是不规则的多边形，如果进行平面焊接，再吊装整体组合，多点空中定位连接的误差不好控制，而且累加的误差像滚雪球般越积越大，工程质量无法保证。

首先，安装方法经过了多次的研究和改进。在钢结构施工方案研讨过程中，考虑过传统钢结构安装中比较先进的安装方法。比如顶升法、滑移法、大单元拼装法等等，希望整体在地上做成，再大规模地在空中拼起来。但是，由于"水立方"特殊的体系和有限的空间环境，这些方法都被迫放弃了。

工程师们又采用了 GPS 定位、激光定位等很多办法，但工程进度总是太慢。即使在焊工们熟练之后，速度也只能提高到每天几十根。

安装之初，采用了小单元组装的方式，速度非常慢。2005 年 6 月至 7 月间，两个月过去了，只安装了 20 多个杆件。这样下去恐怕钢结构工程到 2008 年也完不了。

出人意料的是，这个看似无法解决的问题竟然被几位工人偶然破解。

施工间歇，几名工人师傅在施工场地外抽烟闲聊，突然发现杆件和连接球连起来很像一根火柴，这让他们找到了答案。

施工人员恍然大悟，中学几何里的"一条直线和线外一个点确定一个平面"定理可以应用于杆件定位。

8 月左右，在有关专家、工程技术人员乃至现场操作工人的反复摸索下，发明了一球一杆的最小单元拼装模式，也就是"火柴棍"式的拼装模式，并且通过杆件之间的空间定位措施，施工效率一下子提高了好几倍。

在这期间，"水立方"工地汇集了来自全国的顶级焊工，有来自长江三峡工程的，有焊过军舰的好手，甚至邻居"鸟巢"的优秀焊工也被借到了"水立方"工地。

对高级焊工的选择和培养费了极大工夫。"水立方"钢结构工程焊接节点形式种类繁多，复杂程度前所未有，质量要求极高，分为平焊、立焊、仰焊和全位置焊，焊接难度极大。

工人形象地说，要练成"坐、站、躺、卧、抱、蹲"6种功夫才能胜任。

而且，全部结构焊缝达到10万米长，所有的焊缝要求为全熔透一级焊缝，即所有的焊缝焊接后要进行超声波检验，不允许任何地方出现裂纹和气泡等缺陷，对焊工素质提出了极高的要求。

两万根杆件，将近一万个连接球在20多个专门负责对号入座的工人传递下，在300多名焊过军舰，拿着至少8级焊工证书全国顶级的焊工手里，像堆积木似的快速而准确地拼插在一起。

一个建筑面积近8万平方米的场馆，如此大规模的不规则钢结构施工，"水立方"的建设者们仅仅用了10个月的时间便完成了如此高技术含量的大规模作业，在世界建筑史上，不能不说是一个奇迹。

"水立方"总包单位中建一局集团建设发展有限公司项目经理孙洪庄说："这样的工程，在国外实施起码也要3至5年，只有在我们国家，才能在这么短的时间内调动如此大规模的优秀专业人才来集中进行这样的作业。"

钢结构工程的监理工作也不同于一般项目。帕克监理公司特意派出钢结构监理专家从加工厂就开始驻厂监造，总监韩涛每天都在现场巡视。

"水立方"的项目管理公司中国长江三峡工程开发总公司，调动了能调动的各种资源，项目负责人曾国顺办公室的墙上挂着每天的钢结构日安装曲线图。

安装曲线从艰苦地低回、波动，到逐步稳定，最后迅速地爬升，从最初的每天安装十多个、几十个构件，到日最高纪录270个构件。

2005年12月31日，"水立方"钢结构的日安装量达247根。

经过300名优秀焊工的艰苦努力，"水立方"钢结构焊接探伤一次自检合格率稳步提高，第三方探伤合格率始终保持100%。

这些锻炼成熟后的工人在"水立方"完成任务后，成了整个奥运工程建设的紧俏人才，被"鸟巢"等其他工地一抢而空。

钢结构提前一个多月封顶，"水立方"钢结构到这时才算有了一个名字："空间多面体延性钢架结构。"

钢结构作业方法也同"水立方"工程师们的建筑理论一起被写进了《多面体延性钢架结构施工管理技术规程》。

"水立方"的钢结构施工横跨了春夏秋冬四季，冬季的钢结构施工尤其困难。由于气温低，焊工使用的焊条需保存在特殊的保温桶内，用一根取一根，否则焊条长时间暴露在冷空气中降温后将无法保障焊缝的质量。

在冬季施工时，每一位监理人员都会对负责焊接的师傅们"严格盯梢"，为的仅仅是让师傅们一次只取出一根焊条。

据统计，"水立方"钢结构的焊缝长度将近 10 万米之多。

施工的安全怎么强调都不为过，"水立方"施工过程中使用的安全网也经过了极其严格的测试，所有施工人员的人身安全都维系在这张网上，容不得半点马虎。不论是采买的，还是借用的，每次安全网进场，都必须接受 100 公斤重物从 10 米高空坠落的测试。

2006 年 4 月 10 日国家游泳中心主体结构封顶完成钢结构的安装。

进行"水立方"钢结构支撑体系卸载

2006年6月16日,国家游泳中心"水立方"钢结构支撑体系成功卸载。

"水立方"中心墙体和屋盖钢结构工程采用国内外首创的新型多面体空间钢架结构,总构件数为3.05万个,总用钢量达6700吨。

2005年6月开始钢结构安装,2006年4月10日实现了约一个半足球场大的钢结构封顶,5月30日完成全部焊接工作并通过全部验收。

从初步设计开始,业主单位和设计单位组织国内有关科研院所开展科研攻关。在施工过程中,在材料选择、构件加工、安装定位和焊接等方面,继续走自主创新之路,取得了一系列自主创新成果。不仅直接指导了国家游泳中心工程的设计和施工,而且有力推进了国内钢结构设计、材料和施工等各方面的技术进步。

"水立方"是首个进行支撑结构卸载的奥运工程。都说万事开头难,可"水立方"在详尽的应急预案、经过多次演练的工人和结构健康安全检测系统的保证下,卸载进行得非常顺利。

本次钢结构支撑体系卸载,工程管理部门针对跨度大、行程大、卸载点多等难点,采取了多项有效措施:

为确保卸载成功，参建各方在充分论证和计算的基础上，进行了施工预起拱。

随后，参建单位审慎编制卸载方案，分析卸载过程中可能出现的情况，制订周密的应急预案。

他们增大了千斤顶行程预留量，配备了大行程、大承载力千斤顶，将卸载前需完成的工作逐个落实。

全体参与卸载工作的40名管理人员和200名操作工人都经过了多次交底，组织了两次演习。同时，组织钢结构普查、脚手架和千斤顶普查、结构沉降观测。

安排卸载过程模拟计算分析，提前布设结构健康安全监测系统和脚手架监测，对卸载全过程实行监测。

这次卸载有近9000吨脚手架和千斤顶被拆解撤场。

在施工现场，有生产指挥小组、监督小组，专家小组和应急小组进行全程监测，共同保障了卸载的顺利完成。

正式卸载中，参建各方技术专家及受邀的国内权威钢结构专家组成技术支持组，监理单位分区域进行旁站监理，总包单位设立指挥部统一组织卸载操作，各岗位人员各司其职、协同配合、操作规范、信息传递及时准确、应急措施到位、整体组织系统有效，监测系统工作正常。

最终的卸载结果优于模拟计算分析结果。在沉降幅度240毫米的理论指标下，"水立方"的实际沉降只有81毫米。

在脱离了支撑体系的保护之后,"水立方"的钢结构屋顶完全达到了设计要求。

至此,历经两年多的科研设计和一年多的施工后,"水立方"兑现了设计蓝图,变成了工程实体。

此后,国家游泳中心将全面展开膜结构施工、内部装修施工和机电安装,计划 2007 年 10 月完工并开始进行测试赛。

"水立方"钢结构的设计和施工震惊了世界,英国《卫报》发表文章称其为"理论物理学的杰作"。

完成"水立方"膜结构安装

2006年12月26日,在2007年即将到来之际,北京奥运场馆建设工地又传喜讯:

奥运标志性场馆之一的国家游泳中心"水立方"外层膜结构,于当日上午封闭完成。

在钢结构完工之后,"水立方"就有了坚固的筋骨,像一个待嫁的新娘只等穿上华美的嫁衣。

早在2003年海南的设计方案评审时,号称为"四氟乙烯共聚物"、简称为ETFE的膜建筑材料,第一次闯入很多人的视线中。

在后来的设计合同谈判中,谈判人员的精力主要耗在这种材料方面了,普遍的两个怀疑:这种像塑料似的东西真的能做建筑的墙,尤其是外墙?它的造价究竟是多少?

当时评审工作组中有来自澳大利亚的咨询专家。他们的咨询意见出来后,让大家大吃一惊。

他们说:"建筑物的墙是能做的,比如正在施工的德国曼联体育场。"

但造价同样是惊人的,仅此一项他们估算的造价就近6亿人民币，基本上占了工程建设安装费用的四分之三。

听到有人用过这种材料，大家的心里稍微有些底。但后来得知，德国曼联体育场的ETFE膜工程和"水立方"的比起来，那是小巫见大巫了。

最主要的区别在于，"水立方"的ETFE膜工程真正地充当了建筑物的外维护结构，替代了传统的墙体材料，而德国曼联体育场仍是把它作为一种外装饰材料，它的外墙仍是传统的混凝土结构，ETFE膜材料只是作为一种装饰材料包裹在外墙上而已。

"水立方"的膜结构是世界上最大的膜结构工程，膜结构气枕覆盖面积达到了10万平方米，单层膜材的使用量达到了40万平方米。而且，是世界上首次采用ETFE膜材料用于全封闭的体育场馆。

在方案确定以后，建设单位立即开始了全球范围内的深入调研。当时，全世界所有膜结构承包商、生产商全部进入了他们的视野。

调研结果让人担心，具有ETFE膜工程深化设计、施工业绩和施工能力的承包商基本集中在德国。而原材料的生产厂商只有日本、美国和德国。在国内，从生产到加工、安装，完全是一片空白。

设计方案确定后，康伟心里就萌生了国产化的念头。康伟这种考虑，基于两点：

一是为中国自己考虑，等"水立方"竣工后，需要维护保养的时候,总不能天天往德国跑。

二是膜结构倘若在"水立方"成功以后,势必在国内掀起一股应用的热潮,形成一个巨大的潜在市场。国内商家、厂家如果能够抓住这个机遇,一举完成国产化,在这块越来越大的蛋糕上获得可观的利益。

从原料生产上看,国资公司和国内化工企业、研究机构进行了沟通,ETFE 在国内还在试验阶段,实验室能合成生产出来,但品质控制是个庞大的系统工程,距离成熟的工业化制造加工,差距还相当大。

算了算时间,"水立方"肯定是等不到了。康伟等人决定从成品材料的加工和安装下手,先迈出国产化的第一步。

在"水立方"ETFE 膜结构的国际竞争性谈判时,他们就故意在比选文件中设置了一系列条件,为国产化打下伏笔。他们提出:外方必须和国内玻璃幕墙企业联合投标、膜结构加工厂必须设在国内。

在和国内企业联合投标的这个条件上,外方基本上容易接受。但在国内设厂这个问题上,外方就表现得相当敏感。

他们知道,中国人太聪明了,搞不好,他们的饭碗就丢了。所以,尽管他们都明白国内设厂具有劳动力成本低、直接面向中国市场的不可否认的优势,但是他们深知中国制造业的学习能力,十分担心自己的技术外流。

由于在国外待过多年,康伟比较了解西方人的思维和办事方式。他很坦率地跟他们说:"你们在国内设厂,中国人受益不假,但如此浩大的 ETFE 膜工程一旦中标最得利的是你们。"

经过长达数月的准备和艰苦谈判,中方成功促成了国外最具实力的膜结构公司同国内幕墙维护结构行业的领军企业联合,承接了国家游泳中心这一世界最大、功能最复杂的膜结构工程。并几经沟通,外方终于同意在北京顺义设厂。

开始,外方处心积虑,对中方处处"防备",保密工作极为严密。邀请康伟去给工厂剪彩的那天,仪式完毕后康伟提出观摩车间,外方急得面红耳赤,勉强同意时还提出不得在车间拍照的附加条件。

但是,中国人经过努力探索,终于会加工、会安装 ETFE 膜了。"水立方"再次扮演了破冰创新,影响深远的角色。在"水立方"这个平台上,国内外厂家通过合作,获得了圆满的"双赢"结局。

2006 年 8 月,在这个火热的夏天,"水立方"膜结构气枕安装的各项作业条件已准备就绪,正式开始了膜结构安装。

8 月 1 日 16 时许,膜结构施工单位完成了安装前的检测,但突降的大雨使得施工方不得不暂停原定的安装计划。

施工方并不甘心被老天搅乱工程的进度,随着天气的逐渐好转,他们再次投入了膜结构安装的准备工作。

当天，一块约 1 平方米的三角形膜结构气枕终于成功安装在了"水立方"的钢结构上。

"气枕"就是填充"水立方"钢铁支架的"泡泡"。像这样的"泡泡"，整个"水立方"一共需要 3000 多个，表面覆盖面积达到 10 万平方米，堪称世界之最。它们大小不一，形状各异，最大一个达到 9 平方米多，最小的一个不足 1 平方米。

根据室内与室外、里面与屋顶环境的不同，具体部位的气枕由 2 至 5 层薄膜组成。在外墙上的气枕最外层薄膜带浅蓝色，中间透明，内墙气枕的最里层为透明。

为了能够确保整个工程进度，所有"泡泡"在运到场馆前，先在加工厂按照施工方的要求进行裁剪，并一一编号。到达现场后，经过施工方的检验，按照编号安装到相对应的位置。

2006 年 11 月，外层膜结构铺装按时完工。

"水立方"的膜结构使用的是 ETFE 材料，ETFE 薄膜的使用在国内尚属首次。但过去 20 多年内，由于这种材料耐腐蚀性、保温性俱佳，自清洁能力强，欧洲有 600 至 800 个建筑都用了这种材料。

"水立方"外层膜结构采用 ETFE 材料，质地轻巧，但强度却超乎想象，充气后可经得住汽车轧过去；膜的延展性非常好，耐火性、耐热性都很明显。它可以拉到本身的三四倍长都不会断裂，燃点在 715 摄氏度以上才能烧成一个窟窿，但是不扩散，也没有烟，也没有燃烧物掉下去。"水立方"是世界范围内首次大面积使用ETFE的全封闭体育场馆。

为了确保设计和施工万无一失，业主、设计方、施工方等多方人员组成考察组，分赴各地考察ETFE薄膜的使用经验，包括曼联体育场、英国"伊甸园"植物园和一些学校在内的膜结构建筑的成功修建，给了他们极大的信心。

在进行过几十次组合测试和对膜材料的声学、热学、抗风沙、抗冰柱等多种性能的测试与深化设计后，详尽的数据让所有人都吃了一颗定心丸。

当时有人提出疑虑说："北京奥运会举办时正值盛夏，酷暑天气会不会使'水立方'变成一个会聚阳光的'温室浴场'？如何在保持游泳馆的透明、美观的同时，避免透明场馆温度偏高、出现眩光？"

参观过国家游泳中心的人不难发现，阳光下的"水立方"有很多闪闪"发光"的亮点，宛若星辰散落在水立方的表面。这些亮点就是镀点。

镀点是功能性镀点。通过镀点，膜结构变成光和热的过滤器，需要的进来，不需要的返回去。镀点改变光线的方向，将多余的光线和热量挡在场馆之外，从而保证了酷热天气时"水立方"不会成为巨大的"温室浴场"。

透过的阳光在室内会形成舒适的温室效应，保持室内的温暖，还能节省约30%的能源。

这些镀点的妙用可不仅在于此，它们还可使分布在ETFE膜上的上亿个镀点，改变光线的方向，起到隔热散光的效果。这些"镀点"布成的点阵，就像一把把遮阳伞，把刺眼的光线和多余的热量挡在场馆之外。

而在一把把"遮阳伞"之间，所需的光线还可以自由通过，保证场馆的温度和采光。

ETFE膜具有很强的自洁性。由于这种材料的摩擦系数很小，尘土不容易粘在上面。即使粘上的尘土，只要下点小雨，立刻就能将膜冲洗得干干净净。

即使人工擦洗，擦干净ETFE膜也要比自家擦玻璃、擦桌子省力得多。"泡泡"之间的凹陷处也有助于积水分流，这样就不会因为积水而滋生霉菌。

顶部气枕的膜厚为4层，墙体膜厚则为2至3层，雨天雨点敲击薄膜的声音不会对室内的比赛造成影响。同样，通过在场馆内安装吸声材料的方法，观众的欢呼声和音响的声音也不会对场馆外形成噪音干扰。

2006年11月，随着外层膜结构封闭的完成，内层气枕安装结合室内精装修工程同步进行，机电施工进行设备和管道安装。

经过对钢结构、膜结构的科研攻关、自主创新和建设实施，国家游泳中心克服各种困难，按计划完成了各项工作，达到预定目标。

"水立方"的屋顶有自然排风的风机，两层膜结构的中间底下也有开口，等于有8个自然通风口，空气进来，通过屋顶的空腔出去，这样就把建筑空间中的热量散发出去。

外层膜结构所需的所有气枕，均需通过3次检查后才能成为"水立方"的一分子。

第一次检查是在加工厂，主要对膜材料的材料检查、热荷检查和外观质量检查。第二次是监理会在施工现场对整个气枕的外观质量进行复查，复查合格后才同意安装。最后一次是监理工程师在安装过程中对气枕的外观质量、固定、气枕的室高等方面进行一次全面的大检查。

"水立方"屋顶有3万平方米，雨水可100%的收集。它有一套雨水收集系统，一年收集的雨水量相当于100户居民一年的用水量；膜结构等相关技术使自然光能得到充分利用，平均每天9.9小时使用自然光，省电效果显著。

经过参建各方3年的努力，国家游泳中心提前完成了全部的外装工作，充满魔幻色彩的水蓝色建筑外观整体亮相。

安装大厅摄像机吊杆

2007 年 4 月,奥组委为"水立方"建设办公室发来文件,要求为将来吊挂在屋顶天花下面的摄像机预留条件,在天花的正下方增加摄像机吊杆。

这就是说,必须在已经完成一切的屋顶上,穿下来几十根立柱,再固定上 4 根水平钢管,给奥运会空中转播用的摄像机当轨道。

虽然奥组委说的只是几根钢管,工程量不大,却带来了相当大的工程组织问题。最大的问题是脚手架不能拆除了,下面压着最重要的比赛设施竞赛池,那个时候的竞赛池还是混凝土光板,一点没动。

而竞赛池的施工是国家游泳中心最重要的工序,直接决定着场馆竣工的关键线路。

这就意味着,如果这几根小小的屋顶摄像机吊杆施工几周,整个"水立方"的竣工时间就得往后延长几周。

当时,天花"泡泡"已经安装完毕。天花安装采用了大跨度移动式脚手架,实际上就是在半空中搭了个天车。但即使这样,密密麻麻的脚手架也将大厅内占了个满满当当,其他工序如大厅的精装修、瓷砖铺贴等大量后续工作根本无法开展。

这些脚手架已经完成了使命,必须马上拆除。

"水立方"特殊的多面体空间钢架结构，形成大厅特有的跨度达130米、大厅内没有任何支撑的独特效果。一旦完工，屋顶天花是通透光洁的巨大"泡泡"，灿烂的阳光穿过"泡泡"直射进场馆，湛蓝湛蓝的池水静静地映照着30米高空上的天花"泡泡"。

但是，比赛大厅天花尤其是水池上方的天花，将根本无法轻而易举地接触到。这意味着，一旦完工，如果想达到天花下表面，是非常困难的。即便是在上面拧个小螺丝钉，都要在大厅内搭起满堂脚手架。

施工方在进行大厅内层气枕也就是天花"泡泡"的安装时，就非常重视这个问题，尽量将高空的结构或设施安装到位，否则将会给后续工作带来不可想象的后果。

如果这时再去安装那几十根立柱，姑且不论花费上的代价，仅仅时间代价已经太大、太可怕了。

因此，业主方和奥组委及国际奥委会BOB代表展开了激烈的争论："到底要不要做这几根钢管？"

在争论过程中，业主方有"1000个理由"来证明这几根管的确认信息来得太晚，不是时候，责任不在业主方，耽误了工期要由奥组委负责任！

但奥组委和国际奥委会BOB代表的唯一的理由是：我们需要它，奥运会转播需要它，全世界10亿双眼睛需要它。

业主方思索再三，最后决定：做！为了奥运会，我们豁出去了。

施工过程又是一场恶仗。

北京 6 月份的天气已经很热，屋顶上的温度高达 50 度，工人辛苦啊！上面的活完不了，下面的活干不上，着急啊！

2007 年 7 月初，经过工人们紧张顽强的奋战，终于完成了这几十根为摄像机准备的钢管结构，大家手脚不停，连夜拆除脚手架，马上进行竞赛池的施工工作。

召开"水立方"建设协调会

2007年9月，距离"水立方"竣工的底线2008年1月，特别是2008年1月底将迎来"好运北京"中国游泳公开赛，已经仅剩100天左右了，工程建设不得不加快进度了。

此时，室内精装修工程刚刚大面积展开，机电工程集中进行末端设备和部分管道安装，室外市政工程已经进行到关键的地下结构阶段，各个专业展开大规模的会战。

当时，现场同时施工的队伍达到了50家以上，同时施工的人员达到2000多人。

康伟作为"水立方"工程建设的第一责任人，为了加强对现场施工的投入和组织，保证按期竣工，他牵头组织参建各方召开了工程建设大协调会。

在这次会议上，康伟提出的口号是：

局级干部当兵用，当天事情当天定。

按照市委、市政府的要求，康伟被任命为"水立方"工程建设指挥长。同时，中建一局集团公司总经理季加铭被任命为"水立方"项目总经理。市奥运工程建设指挥部总工程师吴竞军作为市奥运工程建设指挥部委派负责"水立方"工程建设的责任人，每次都参加会议。

其他参会单位包括项目管理公司、监理单位、设计单位、主要分包单位、外围相关单位等，都要求一把手亲自挂帅。

2007年9月19日，召开首次协调会，其后每周四下午，会议都由康伟主持，一共召开了17次，出了17期纪要。

首次现场大协调会的纪要中写道：

会议讨论认为，国家游泳中心目前工期紧张、交叉作业复杂，一些关键部位和区域按期完成的风险极大。总包单位必须迅速采取紧急措施，增加施工力量投入，强化现场进度管理，确保竣工目标实现……

针对总包单位提出的资金缺口问题，国资公司明确表示同意在原资金支持3500万元延期返还的基础上，再次提供4000万元的资金支持……

总包单位明确承诺加强集团领导力量，并表示在后续施工中不惜一切代价确保工期目标的实现，且承诺在后续施工中直至国家游泳中心工程竣工，不会再因任何关于建设资金或成本亏损等为由而影响后续工程实施或竣工。

协调会从首次召开到工程竣工，一直坚持这个传统，一次都没有间断过。

这 17 次现场大协调会，是政府、业主、总包单位协调内外矛盾，形成合力，共同推进工程建设的过程。协调会的政治性前提压倒一切，前所未有的高效率和科学性是最大特色，会议决策的执行力度也是空前的。

这 17 次现场大协调会，对工程竣工阶段的组织起到了至关重要的作用。

进行"水立方"收尾工程

2008年1月,"水立方"工程建设已经到了尾声,各项施工项目结束,进入调试阶段,工程建设的最后一件大事——开荒保洁已经摆在眼前。

北京市奥运工程建设指挥部的领导让大家学习国家体育馆的精神,一晚上上千人在保洁,场面甚是壮观。

"水立方"的建设者们对开荒保洁的工作量早就有清醒的认识,事先已经和多家专业的保洁公司沟通,这些专业公司已经针对"水立方"的建筑和装修特点给他们拿出了"量身打造"的开荒方案。

尽管这样,大家也丝毫不敢大意,俗话说"不怕一万,就怕万一"。特别是劳务市场已经达到极度贫乏的情况下,要对劳动力有充分保障,否则,后果不堪设想。

他们和3个专业保洁队伍签了开荒保洁协议,组织了600多人共同会战。

但最难的一块骨头,比赛大厅天花下层"泡泡"的保洁工作却迟迟没有队伍敢接。

"水立方"的特殊结构决定了比赛大厅天花"泡泡"的保洁清理难度超乎想象。整个比赛大厅最大跨度130米,没有任何支撑。天花下面就是游泳池和跳水池,为了确保1月底的测试赛,池水已经注满并开始循环。池子上方有两条通长的马道，但马道上已布满了各种线缆和扩声设备。

当时大家都说：别说清理天花"泡泡"，就是想接触到都不容易。最担心的是安全问题，天花下面是30米的高空，一旦人摔下来，后果不堪设想。

由于前期装修施工的原因，大量灰尘紧紧附着在天花"泡泡"的气枕上，做过试验后发现，必须用湿抹布擦才行，这无疑又给保洁清理带来了更大的难度。

当时时间已经非常紧，几天后就要进行测试赛了，而这又是极端的危险性工作，总不能在工程都竣工了再出安全事故。

北京市有关领导来视察，非常关注天花"泡泡"的保洁清理工作。

市领导最后直接给康伟下达命令："不管你用什么办法，都必须完成这个任务！"

康伟亲自连续组织开会研究解决，开了两个专题会，效果不理想，工程技术管理人员的主意众说不一：有说用30米长的杆子支起来清理的，有说用高压水枪喷到屋顶清理的。

康伟把这些意见想了想，觉得都不太现实也不可行。他说："不如这样，既然我们的智慧有限，就让工人发挥智慧，搞方案比选，谁有能耐谁来做。"

后来，有一个曾经在高压供电行业工作的施工队伍引起了康伟的注意。

这家队伍提出的方案是，在大跨度屋顶拉高空缆绳，人在缆绳上工作，安全方面通过增加配备的安全绳来保证。

大家经过分析，觉得这家公司的方案是最可行的，但这是典型的高空作业，必须有高素质的工人才能完成。

康伟找到这家公司，和管理人员及具体操作工人谈了一次。

这家公司的员工全都是四川人，个个瘦小精干。有位年龄大一些姓唐的师傅对康伟说："我们都是长期干高空作业的，对走钢丝，挂吊索非常熟悉，北京这么多清洗公司，不论哪家有难活，都是我们这几个去做。"

康伟又从侧面了解了一下，发现他们还真是"职业选手"，于是决定让他们试试，先从布设缆绳开始，一步一步进行。

康伟当时首先想到的是："怎么才能保证工人的安全？思想教育、严格管理、安全措施到位固然一个不能少，但还有一个诀窍，就是要让工人吃好、休息好。这样一来，他们的体力就好，干活的时候精神集中，这比什么都重要。"

康伟马上安排专人负责这些清洗工人的一日三餐。

除了工程部每天必须有人盯在现场，严格监督、检查安全设施是否到位外，综合部负责安排工人的一日三餐，顿顿送到工地上。

当时所有吃喝都是免费的，早餐送包子，午餐跟管理人员一样，晚餐送大饼、面条，餐后必须有水果，有汤喝。

另外，只允许他们在白天工作，一天最多 8 小时，晚上必须休息。

清洗工作很快组织起来了，市领导不放心，专门派奥运工程建设指挥部的负责人来督战。

大家观察了几天，工人的状态很好，工作也非常有效率。

康伟又找到那位唐师傅，唐师傅说："跟了这么多老板，在'水立方'干活是最舒心的，受到的待遇也是最好的。"

康伟就说："你作为'老革命'，一定要把大家照顾好，有什么事可以直接找我。"

唐师傅连连点头："要得，要得。"

两天之后，遍布屋顶的操作缆绳挂起来了，4 天之后，第一块样板清洗出来了，"水立方"像包裹在尘土里的一颗珍珠，在细心地擦拭之下，一点点露出了它本来的光泽。

10 天之后，整个屋面清洗工作顺利完成，安全上没出一点问题。

按照类似的办法，又突击完成了室外膜结构、高窄铝板、看台等关键部位的清理，"水立方"真正做到了精雕细刻，一尘不染。

"水立方"竣工并交付使用

2008年1月28日，北京北四环北辰西桥东，国家体育场"鸟巢"西面。一座巨大的蓝色水晶宫殿式的建筑，国家游泳中心"水立方"竣工了。

刚刚过去的2007年，是"水立方"建设的决战之年。

当时，大家都感觉时间紧迫，所有人都非常着急。

康伟已经记不得这几年到底签过几个"军令状"了，他说："只记得签第一个时，手真的哆嗦，倒不是因为倘若工程完不了，我这个'水立方'的董事长兼总经理就真的一抹到底，而是真的完不了的话，耽误了奥运，有损国威，即使杀了我也没用。"

2007年3月31日，随着"水立方"比赛大厅内的ETFE膜内层气枕的安装完成，意味着"水立方"的工程建设进入了最终的全面建设阶段。

这一年，是建设过程中组织最复杂、综合程度最高、建设工作强度最大的一年，同时有40余家单位在施工。另外，奥组委以及各类外围相关单位也来了，复杂的协调工作使竣工的局势更加复杂。

2007年4月9日，康伟组织召开了第一个现场竣工部署会，要求以"保证竣工验收，保证测试赛"为目标，以"目标明确,措施到位,不辱使命,决战2007"为指导原则,形成建设合力,推进工程建设。

2007年7月,北京市市政府代表同康伟再次签了"水立方"竣工的"军令状"。而此时,距离"水立方"竣工只有半年的时间了,动真格的了。

在这个时候,全国范围之内特别是北京地区的建筑劳务市场更加紧张。不仅人工价格飞涨,而且奇缺,即使是用现金"一天一结"的方式找工人都非常费劲。

2007年9月,竣工形势更加严峻。康伟意识到,如果不采取强有力的措施,可能会功亏一篑。

因此,康伟对施工单位提出要求:

参建各方的总部领导直接挂帅,全天盯在现场,任何一方必须调动一切可以调动的资源保证"水立方"。

对总包单位提供资金支持。在现在这个阶段,杜绝务虚会,每天晚上的碰头会、每周一次的现场协调会必须解决实际问题。

"水立方"的建筑是超常规的,而"水立方"的建设团队是每一个人的付出也是超常规的,许多人在此期间,夜晚都是在办公室的沙发上度过的。

"水立方"的建设之所以成功,和"人"有很大关系。"水立方"的建设团队是由来自不同团体,不同类型的人基于一个共同目标而组成的集体。

他们的性格和能力千差万别，他们所代表的利益和处理问题的角度也不尽相同。合作精神之于团队，一如团队之精髓，没有这种精神在血脉中流动，一个团队就无法成就其共同目标。

康伟对大家说："一个国家、一个民族需要一种精神，一个企业也需要一种精神。而这种精神在经历了重要事件的历练后会逐渐沉淀为企业所特有的文化，值得我欣慰的是，经过近7年的磨炼，'水立方'自身已经具有了一支能连续作战、敢拼、刻苦敬业的能打硬仗的队伍。"

场馆竣工前，领导的办公室来来回回搬了几次，一次比一次条件艰苦。最后一次，搬到北辰西路边的二层铁皮房子里，大家都开玩笑说这可是"冬凉夏暖"了。

不过，"水立方"团队的一大特点，就是快速适应任何环境，并能在任何环境下都有天生的乐观精神。员工们弄来很多绿色植物，小小的铁皮房子里充满了温馨。

完工后，康伟在总结会上表扬大家都是坚强的能打硬仗的同志。

会后有人纠正康伟说，最坚强的是赵江桌上的小金鱼。

原来，有朋友给赵江送来一鱼缸小金鱼，这些小金鱼逐渐成为全办公室的"重点看护对象"。

在2007年冬天寒冷的一天，大家早晨一进办公室发现整个鱼缸都冻成了一个大冰块，小金鱼已经在里面一动也不动了。

大家很伤心，商量着怎么给它开"追悼会"的时候，一个同事坚持把冰块打破，把金鱼捞出来埋葬。

这时，奇迹出现了，换了水后的小金鱼又开始畅快地游动了。

大家一致送给小金鱼一个光荣的称呼："最坚强的小金鱼。"

1月28日，全国一片大雪之时，耗时4年的国家游泳馆"水立方"竣工。"水立方"业主单位负责人接过了竣工证书和钥匙。

作为"水立方"的平面设计合作公司，北京东道形象设计制作有限责任公司为"水立方"设计了包括所有视觉的产品。东道设计公司的副总经理宋洋也受邀参加了竣工仪式。

北京市相关领导、奥组委官员、港澳台捐资者，均受邀出席了竣工仪式。

康伟在现场向大家介绍："为了保护'水立方'外面多达11万平方米的ETFE膜，在'水立方'周围特意挖了一条4米宽的护城河，而在场馆内部，膜结构从二层搭起，一层大厅的观众是接触不到膜结构的。"

康伟说："观众只有从东南入口沿一个螺旋楼梯上去找到'泡泡吧'，才能在那里亲手摸到这层膜。每个观众都希望亲手感觉一下膜结构，这也是'泡泡吧'的一项重要功能。"

设计师郑方说:"其实,'水立方'的膜结构并不像很多人猜想的那样脆弱。即便外面装的是玻璃,也会有破碎的危险。实际上,这层膜比较结实,只有用很尖的锐器才能扎破。退一步说,就算出现局部的损坏也无碍整体,每个气枕都是独立的,气泵会自动充气。此外,用专用胶水修补表层也不复杂,就像我们用透明胶带粘东西一样。

"另外,'水立方'的屋顶也不怕鸟类啄击,鸟类一般都不愿意落在透明的物体上,为防万一,我们还在屋顶上安装了驱鸟设备,就算来的是啄木鸟也不能给'水立方'造成伤害。"

刘淇出席了国家游泳中心竣工交付仪式,并在第八次向国家游泳中心拨付捐赠资金仪式上,向业主代表转交捐赠支票。

市委副书记、市长郭金龙,市领导尤兰田、李昭玲、刘敬民等出席。

仪式结束后,刘淇及郭金龙等一行逐一握手慰问"水立方"的建设者代表,还不时指着蓝色屋顶及周边看台,询问工程建设问题。看到游泳池内清澈见底,刘淇及郭金龙均俯身以手试水,其间,郭金龙更将水送入口中。

北京帕克国际工程咨询有限公司国家游泳中心项目总监理工程师凌凤鸣,则在仪式后感谢港澳台侨同胞的付出和热情。

竣工后的"水立方"完美地展现在世人面前。

白天,"水立方"淡蓝色的"外衣"沐浴明媚的阳光,在蓝天白云的映衬下,一片柔和温润,如诗如画;夜晚,华灯闪耀,"水立方"气泡流光溢彩,这座湛蓝的水晶宫殿更加纯净、柔美,魅力无穷。

这座晶莹剔透的建筑,以巧夺天工的设计、纷繁自由的结构、简洁纯净的造型、环保先进的科技成了百年奥运建筑史上的经典,成了北京乃至世界建筑史上的标志性建筑。

三、建成使用

- 纳兰朝格说:"我是第一个在'水立方'比赛的运动员。这种感觉太好了,这是世界上最好的游泳馆!我很幸福!"

- 菲尔普斯对"水立方"赞不绝口,他说:"这是我见过的最棒的奥运游泳场馆,一走进去就能感觉到巨大的震撼。"

- 当大家来到"水立方"观看跳水比赛时,都不由得为男子双人跳猜想:雅典奥运会上,跳水王子田亮退役之后,小将林跃和火亮能否捍卫中国队在该项目上的荣誉?

举行奥运前的测试赛

2008年1月31日至2月5日,"水立方"迎来了它竣工后的"处女秀":"好运北京"中国游泳公开赛在这里举行。

奥运会前,除了1月31日至2月5日迎来建成后的首项赛事"好运北京"中国游泳公开赛外,"水立方"还将迎来国际泳联跳水世界杯赛和国际泳联奥运会花样游泳资格赛等重要赛事。

1月31日晚,北京城星光点点,华灯初上,国家游泳中心静静地矗立在北四环路旁,每一个大"泡泡"都散发着梦幻的幽蓝光芒,让人有种想触摸的欲望。透过"泡泡",可以清晰地看到支撑着"水立方"的骨架,那一根根的钢支架。

"好运北京"2008中国游泳公开赛在国家游泳中心"水立方"揭幕。尽管北京夜晚的气温在零下六七摄氏度,参赛的名将和渴望一睹这池碧水的人们已经等不及了。比赛18时30分开始,还不到18时,大批观众就开始涌向"水立方"。

眼前的"水立方"风情万种,但要靠近它,却并不是件容易事,第一关就是安检。

在国家游泳中心的观众安检入口,分别写着"男士"

和"女士"的字样，安检志愿者在路边引导着男女观众从不同的入口进入。

据介绍，分男女入口是因为观众通过安检门后还要接受仪器检查，男性工作人员和女性工作人员分别为男女观众检查。为了提高进门效率，场馆安检部门决定在进门前分流观众，并安排了相应的志愿者对观众进行疏导。

安检人员不时提醒周围的人们，"对不起，请伸出手"、"对不起，请转身"。

为了这次"水立方"的"处女秀"，北京市动用了近千名警力，仅是一个10多平方米的安检处就配备了5名安检人员及两名武警战士。而整个安检过程就如登机一样严格：证件、背包、手机、钥匙等都要经过配有X光的传输带，每个人还要接受金属探测器的探测。

"对不起，您的饮料不能带进场。"有一位记者的一瓶饮料没能过关。

同时，另一位南京记者贴身收藏的打火机也被查出。记者请求说："我写稿要抽烟啊。"

安检人员面带微笑，回答却斩钉截铁："不行。"

过了安检关，离"水立方"已经近在咫尺，如果没有那道还没有灌水的"护城河"，人们甚至可以用手感觉一下"水立方"的膜结构。

要想进入场馆内，不同身份的人要走不同的通道，而且每个通道的入口处都有一个验证处，只有证件上的数字与验证处上方标注的数字相同,才可以从这个入口进入。

而在"水立方"内部,不同的人也有不同的走道和停留区域,连文字记者和摄影记者都泾渭分明。

不过,每个出入口和拐弯处都有清晰的中英文标识,让每个人都能迅速地找到目的地。在媒体接待中心的提示板上,整个场馆的平面图简明扼要,能让记者在第一时间各就各位。

尽管事先已经浏览过无数"水立方"的照片,但当大家亲身走进"水立方",仍然被这"水"的世界震撼,人们目光所及只有两种颜色:蓝和白,白色的墙面衬着那汪蓝色的水,而穹顶上,一个个白色的"大水泡"正泛着光。

"水立方"南北两侧的看台座椅也有蓝白两种颜色,座椅上还有水泡泡状的印花图案。南侧观众看台上,蓝色座椅数量由下至上递减,看似杂乱无章的搭配却有一番奥妙含在其中:

从北侧看台向南侧看去,两个蓝色泳池、蓝色座椅搭配少数白色座椅群,构成了一幅图画,仿佛游泳池的水翻腾起来,水花四溅,冲向"水立方"顶部的"泡泡",将快乐推向最高点。

进入场馆的观众并不急于去看台就座,而是在入口处仔细阅读场馆介绍,或是拿出相机拍照留念。比赛开始前,人群才缓缓地走上看台,南边的看台一会儿就被坐满了。

在北京工作的谭女士是一家 11 口人一起来的,既想来看高水平的比赛,也想来参观奥运场馆,进来以后发现这里真的很漂亮。她一大早就到售票处买了票,晚上一家人很早就吃过饭,赶了过来。谭女士说:"场馆里的设施很完善,座椅感觉也挺舒适的。"

之前,大家听说每个观众座位下都设有一个通风口,有人专门伸手试了试,果然一股暖流顺着手掌传上来。

城建集团的杨女士指着屋顶对孩子说:"看,屋顶多美啊!"杨女士是负责奥运村建设的,每次上班时都会路过"水立方",但一直没有机会进来瞧瞧。她说:"今天进来一看,场馆设计得真的很美,硬件设施也非常完善。"

馆内全部 67 个卫生间的出入口宛若"迷宫",据说这样能使进出的人流互不交叉,卫生间的空气也不会流入馆内。

而二层的东南侧,还有一个叫作"泡泡吧"的好地方,那里是唯一能亲手触摸"水立方"膜结构的地方,大家纷纷感受了一下,它光滑而温暖。

在"水立方"中,最活跃的是一批身着白衣的年轻人,他们就是由来自全国各地的大学生组成的志愿者。这是一群活泼的志愿者,他们在新闻发布厅的宣传栏上,用图片和语言作出了自我介绍,把自己这个临时组建的"小组织"命名为微笑的 $[H_2O]^3$,即化学符号:水的立方。

观众服务经理黄晓霞说:"由于观众集中在开赛前的一段时间内入场,容易造成座席区通道不通畅,我们增派了志愿者,疏散通道人群并引导观众及时就座。"

国家游泳中心志愿者经理董智说:"国家游泳中心的志愿服务岗位包括场馆管理、礼宾、语言服务、票务、观众服务、兴奋剂等22个业务口,来自清华大学、对外经济贸易大学等12所高校的1066名志愿者参加服务。由于比赛临近春节,很多家远的志愿者由于服务不能回家,他们中的不少人将因为志愿服务而首次留京过节。"

而志愿者的服务也是一流的。

"好运北京"中国游泳公开赛从18时30分开始,由于北京堵车,很多记者没顾上吃饭就早早地来到了"水立方"。几位身强力壮的男志愿者已经适时地给记者们送来了盒饭。

"水立方"的第一场比赛是男子100米蝶泳的第一组预赛,结果3名运动员中有两人弃权,来自蒙古的16岁的少年纳兰朝格孤零零地完成了"水立方"的"开幕式"。

当纳兰朝格下水之后,9名志愿者认真地列队为他收鞋,这一幕让场内响起了第一次掌声。

虽然纳兰朝格1分06秒79的成绩在最终参加男子100米蝶泳预赛的19名运动员中排名倒数第一,不过这并不妨碍他成为人们关注的焦点。

纳兰朝格说："我是第一个在'水立方'比赛的运动员。这种感觉太好了，这是世界上最好的游泳馆！我很幸福！"

在混合采访区，纳兰朝格就像一个明星一样，被记者们围堵了 10 分钟。

和纳兰朝格一样幸福的还有中国选手石峰，他以男子 100 米蝶泳预赛第一名的身份进入了当天的决赛。

石峰说："这个场馆首先我觉得非常漂亮，不光是从外面看，而且里面也非常漂亮。这是我见过最漂亮的游泳馆。"

石峰还说："刚一跳下去，就有一种想立刻游到对岸的冲动！水温各方面都是非常好，而且观众也非常有激情，在主场比赛的感觉好极了。"

并没有参加本次比赛的我国游泳名将吴鹏也按捺不住激动说："本来想去那试水的，但去了人多肯定很挤，结果就放弃了。明天孙杨要参加 400 米自由泳预赛，有机会我一定过来看一下。"

其实在"水立方"建成之前，吴鹏就已经去看过，当时的感慨就是，这肯定是目前世界上最先进的游泳馆。不过吴鹏要在"水立方"第一次下水，可能真的要等到 8 月份的奥运会了。

对于自己未来在"水立方"的表现，吴鹏还是很自信，他说："在这样的场馆进行比赛，我肯定会有一种前所未有的兴奋感，这会对我的成绩有帮助。就把最好的自己留给'水立方'吧,我相信自己能在这里拿到奥运会奖牌。"

28日下午,有记者搭乘出租车去"水立方"。

当得知记者是去"水立方",出租司机打开了话匣子:"今天'水立方'有比赛啊,我早听广播说了,票都卖完了。你们是记者?真幸福!等到了北京奥运会,我也要去'水立方'给中国队加油。"

虽然"水立方"周围的绿化工程还没有完工,但是在场馆四周流连的人还是络绎不绝。隔着两米高的护栏,很多人尽力踮起脚尖,希望一睹它的全貌,在入口处远远拍张照片,便是一脸的幸福。

家住北京安苑东里一区的李清说:"这里一直被围着,听说要比赛了,我第一时间就买了票,没想到里面这么漂亮。"

而北京各方面贴心的服务也让老百姓感到满意。退休职工张一帆是坐公交车赶来"水立方"的,他说:"我们年龄大,腿脚不方便,但这次有车坐,让我们也有机会来看'水立方'。真是建得不错,我们还照了很多相呢。"

赛前,正在场馆内采访的记者收到了几条短信,内容是观看比赛时的注意事项。而比赛结束后,提醒大家从哪几个出口迅速离开场馆的短信又再次发来。

在广告公司工作的陈小姐开心地说:"北京奥运会提倡'人文奥运',今天的服务让我们感到很贴心。8月份，我还要来这里为中国队助威。"

2月1日，"好运北京"2008中国游泳公开赛产生6枚金牌。获得佳绩的选手们发自内心的喜悦感染着周围的人们。他们脸上的微笑也让刚刚启用的"水立方"显得更加靓丽。

国家游泳中心观众服务经理黄晓霞说："昨晚有超过5000名观众前来观看比赛，共有197名观众服务志愿者当班，分别负责安检协查、座席服务、寄存等工作，我们在赛前已经对志愿者进行了有针对性的培训和模拟演练，能够保证观众顺利地观看比赛。"

国家游泳中心售票处已张贴出的告示上写着：2月3日之前的比赛门票已售完。

国家游泳中心票务经理张忠元说："此次游泳公开赛在市内还设有其他售票点，目前票务数据还未统计上来，但该项赛事的门票已所剩不多，观众如想观看比赛应尽早购买。"

接下来，2008年2月22日晚，在"水立方"举行"好运北京"国际泳联第十六届跳水世界杯赛，当晚决出女子双人10米跳台的冠军。

21日晚刚刚获得女子10米跳台单人项目冠军的陈若琳与队友王鑫搭档，再夺双人项目金牌，成为"水立方"举办的跳水比赛中产生的首个"双冠王"。

在当天的比赛中，陈若琳和王鑫配合默契，从比赛开始就一路领先，最终以超过第二名35.61分的巨大优势夺得冠军。

对于二人的默契配合，陈若琳说："我们的性格很相似。"

22日是中国的传统节日元宵佳节，而跳水队的小队员们却要完成繁重的比赛任务，陈若琳在赛后说："今天没有吃到汤圆。为了保持体重，小队员们对汤圆这类甜食一直敬而远之。"

不过，在赛后，当时只有16岁的陈若琳和王鑫的脸上一直挂着甜甜的笑容，夺冠的喜悦代替了不能品尝佳节美食的遗憾。

如不出意外，陈若琳和王鑫都将出现在北京奥运会跳水比赛的赛场上。从23日开始，她们就将回到国家体育总局训练局的跳水馆，为备战奥运继续训练。

对于能否在奥运会上继续"双冠王"的辉煌，陈若琳说："对夺冠当然肯定有信心，不过我最看重的不是结果，而是过程。"

启用石地面替代材料

2008年1月"好运北京"中国游泳公开赛之前和之后,对"水立方"的地面工程进行了材料替换。

每个进入"水立方"的人,会不由自主地被它的色彩所吸引。设计师采用了蓝、白两种主色调,通过在大空间里、大面积地使用白色和蓝色,达到了场馆整体颜色协调、尺度大气的效果。

按照这个思路,作为最重要的地面设计,设计师当然也希望采用大面积的、浅颜色的、最好是整体性、无缝衔接的地面材料。

但在"好运北京"游泳公开赛之前,它并不是这个样子,而是一种叫作"整体石材地面"的材料。

正是这种材料,在工程最紧张最关键的时刻,带来了几乎是灾难性的影响。

2007年9月,这种材料最初在"水立方"接受各方评审,厂家声称在海外七星级酒店使用过,并且拿来了样板和照片。

这是一种用白色石子和聚氨酯混合后,经过打磨成型的地面材料,类似过去常用的"水磨石",只是填充料从水泥变成了聚氨酯。

作为厂家,理所当然地对自己的产品充满信心。而从提供的效果图上看，似乎也很漂亮。

参加论证的人都忽视了一个非常重要的问题，就是这种材料在现场打磨而且是干磨后才能成型，它是否适用于当时工期已经非常紧张的"水立方"。而且，在国内，如此大面积使用这种材料尚属第一次。

当时，设计人员极力推崇，项目管理各方和施工方的技术人员也没有提出反对意见，顺理成章，这种材料开始大面积地使用，使用面积当时达到1.5万平方米。

但是，地面施工开始后不久，问题就显现出来了：现场打磨的噪声震耳欲聋，打磨机器扬起了可怕的粉尘。7毫米厚的石子铺成后的地面，有一半多的石子厚度需要变成粉末打磨掉。一平方米有10多公斤的石子要打成粉末，一万多平方米，就会出现上百吨的粉末。

地面的装修施工基本上属于工程施工的最后一道工序了。场馆里其他部位快要完成。为了满足测试赛，泳池的水也已经开始注满，进行循环加热。

结果这种整体石材地面一开磨，整个场馆笼罩在一片白茫茫的粉尘中。四处飘飞的粉尘让人无法忍受，也无孔不入。

所有施工人员和管理人员戴上了口罩。粉尘落满了场馆每个角落，甚至刚灌上水的泳池必须用塑料布封闭起来，不然泳池里的水质永远不会合格，再后来，只能命令这项工序放到晚上施工，不然其他专业的工人就要停工了。

当时已经进入到 2007 年 11 月，竣工的日子一天天逼近，问题也愈演愈烈，康伟心里也一天比一天焦躁。

康伟万万没有想到，"水立方"在爬越过钢结构、膜结构后，会在通常的地面施工上再次遇到困难，而且，已经没有回旋的时间了，连选择的时间都没有了。

地面开始打磨的第一天，康伟就发现了这个问题。他马上在现场召开了管理各方、设计方和施工方的现场会议，要求几方拿出解决措施，并且第一次提出："是不是可以选择其他替代材料？"

大家的答复非常明确，没有其他替代材料。也没有人真敢在当时下决心换掉这种材料。

时间在一天天流逝，已经容不得迟疑，康伟当即决定：第一，减少使用面积，除了首层大堂，其余部位的地面改变做法；第二，施工单位加大施工机械和人力投入，严格按照程序施工。

但局面已经无法改变，勉强坚持到地面做完，终于如期竣工。

由于这种地面施工期紧，施工难度大，最后的效果也不尽如人意，出现了开裂、不均匀的问题，很不理想。

在竣工后的中国游泳公开赛期间，为了掩盖这种瑕疵，康伟不得不让工人在很多部位摆上了鲜花或绿植。

测试赛结束后，康伟下决心要解决这个问题。他不相信就没有替代材料，并亲自去找。

康伟把北京新建成的各大公建场所去了个遍，去了不看别的，专看地面。

　　后来有一天，恰逢康伟率"水立方"人员去五棵松篮球馆和首都机场新落成的新三号航站楼进行经验交流，并特意对康伟说："你看看新航站楼的地面做得多好。"

　　结果大家到了新航站楼，康伟看到那里的地面后，他的眼睛一亮，终于发现了可以替代的材料。

　　经过大家的多方努力，赶在奥运会前夕，新的地面施工终于圆满完成。

举行花样游泳资格赛

2008年4月17日,"好运北京"花样游泳奥运会资格赛在国家游泳中心"水立方"拉开帷幕。共有6支集体队伍和32对双人组合报名参赛。

花样游泳是一项既包括舞蹈内容的柔美、飘逸,又有体育的刚劲、有力的女子运动,也被称为"水上芭蕾"。

奥运会花样游泳包括双人和集体两项,正式比赛也在国家游泳中心"水立方"举行。每个国家或地区的奥委会或协会只能参加一个集体和一个双人项目。集体项目比赛每队应有8人,但可报两名替补队员。

按照规定,花样游泳比赛的泳池至少20米宽、30米长,并在其中12米宽、12米长的区域内,水深必须达到3米。

在规定动作比赛时,运动员必须头戴白色泳帽,身穿黑色游泳衣;自选动作比赛时,运动员需身穿艳丽的游泳衣,泳衣上可以设计不同的图案,头发盘成发髻并戴上各种美丽的头饰。

奥运会花样游泳只进行技术自选和自由自选比赛,最后总成绩技术自选和自由自选各占50%,总成绩最高的集体和选手获得金牌。

自选比赛在比赛的时间限制、音响伴奏以及裁判员的评分要求上都有比较严格的规定。其中的技术自选受规则限制，按照一定动作内容和动作顺序完成整套动作，而自由自选则不受内容和动作顺序的限制，可自由创编，自由组合。

　　已经获得奥运会入场券的中国队，只派出了双人组合蒋文文、蒋婷婷姐妹参加双人赛角逐。

　　在当日下午结束的双人技术自选的角逐中，西班牙队选手门古尔、富恩特斯以97.334暂列第一，日本队选手原田早穗、铃木绘美子以95.833分排在第二位，中国队选手蒋文文、蒋婷婷以95.500分排在第三位。

　　北京奥运会的花泳比赛设集体和双人两枚金牌，将有8支队伍参加集体项目，24支队伍的24对选手参加双人项目。

　　根据国际泳联制定的奥运会资格制度，集体项目的资格属于各大洲冠军队伍、本次奥运会资格赛的前三名，以及东道主中国队。在集体项目中，获得奥运资格的国家和地区同时也自动获得双人比赛资格。剩下的16对双人资格，则在各大洲锦标赛或洲际运动会上产生，即未获得集体项目资格，但排名最靠前的一对选手，以及本次资格赛排名靠前的选手。

　　中国作为东道主，可直接使用亚洲第一的资格获得集体项目、双人项目的奥运会资格。

　　即使没有这样的优待，中国队也可以凭借多哈亚运会冠军的身份，获得奥运会的参赛资格。

本次比赛，中国队没有报名参加集体比赛。来自四川的"姐妹花"蒋文文、蒋婷婷是赛场上唯一一对中国队运动员。

借比赛机会，花泳姑娘们有机会第一次感受了"水立方"的水温。

蒋文文赛后说："今天已经是我们连续第三天到'水立方'了。虽然对场馆的设施还不十分了解，但因为是自己的主场，所以感觉周围的一切都很亲切。最重要的是，这里的水温和平时训练时差不多，很容易适应。"

这次比赛是姐妹俩继墨尔本世锦赛后首次亮相国际赛场。与一年前相比，她们无论在身体素质还是技术动作上都有很大变化。

蒋文文说："我们的肌肉长得更结实了，身体出水高度也有进步。"

对于中国队派遣"姐妹花"参赛的目标，国家体育总局游泳中心水球花游部部长，同时也担任本次比赛技术委员会技术官员的俞丽说："中国选手主要是来锻炼的，毕竟我们已经拿到奥运资格。"

举行奥运会游泳比赛

2008年8月,在北京第二十九届奥运会为期9天的游泳比赛中,"水立方"共诞生了24项世界纪录、66项奥运会纪录,堪称奥运史及游泳史上的奇迹。"水立方"由此得到了"世界上最快的泳池"的称号。

8月10日上午,在扣人心弦的男子400米自由泳决赛中,张琳以3分42秒44获得银牌,创造了中国男选手在奥运游泳赛场的最佳战绩。

在全场观众热烈的欢呼声中,张琳缓缓跃出水面,但表情一如站在出发台时的冷峻。

张琳的言语中满含对银牌的不甘,对冠军的渴望,他说:"我和冠军朴泰桓的成绩只相差0.58秒。"

短短两天里,张琳与韩国选手朴泰桓两次同池较量。9日进行的预赛中,张琳与朴泰桓同分在了第三小组,在这场似乎是提前上演的决战中,张琳以3分43秒32位列第一,朴泰桓落后0.03秒,位居次席,两人均打破了亚洲纪录。

10日的决赛,张琳的成绩提高了0.88秒,而朴泰桓提高了1.43秒。

决赛中,张琳在前半程并不突出,甚至一度落到第五名,350米过后,他与冲在最前面的朴泰桓相差了1.5

秒，但最后 50 米，他展现了惊人的冲刺能力，连超 3 人，最终屈居亚军。

8 月 10 日上午，有记者拍到"微软之父"比尔·盖茨和家人出现在"水立方"观看首场游泳比赛，以及为选手们鼓掌加油的画面。

刚刚退休的比尔·盖茨果然清闲下来，早早买好了票来北京看奥运。除了现场观看奥运会开幕式外，盖茨一天也没闲着，8 月 9 日有媒体拍到他与家人出现在了沙滩排球的现场，并且同意观众与他合影，随从也不阻拦，显得非常平易近人。

10 日上午，盖茨与家人来到"水立方"观看比赛，看到精彩的地方，盖茨不忘鼓掌为选手加油，至于他是为美国选手加油，还是为冠军韩国选手朴泰桓加油，抑或为亚军中国选手张琳加油，就不得而知了。

8 月 14 日 10 时 42 分，奥运会女子 200 米蝶泳决赛也在"水立方"举行。

19 岁的中国选手刘子歌在第四道，她的左边是世界纪录保持者、澳大利亚人施基佩尔，再向左，波兰人叶杰伊恰克是雅典奥运会冠军。

出发铃响，选手们如箭离弦！

前 100 米，施基佩尔保持领先，刘子歌紧追不舍。

第三个 50 米，刘子歌在 8 名选手中用时最短，第一次超越施基佩尔。

最后一个 50 米，刘子歌冲在最前面，2 分 4 秒 18！

新的世界纪录诞生！

另一位中国选手焦刘洋第二个触壁，也快过了原世界纪录。震天的欢呼声中，两位中国姑娘紧紧拥抱在一起。

8月17日10时55分，男子4×100米混合泳接力决赛在"水立方"展开激烈争夺。

当时，日本队的北岛康介太快了，他居然超越了汉森，两棒过后日本队领先。

菲尔普斯是美国队第三棒蝶泳选手，他不仅把第一的位置夺了回来，更领先了澳大利亚队半个身位。

最后50米，"水立方"里喊声震天，如同山呼海啸。菲尔普斯却表情轻松，他相信莱扎克的实力。

3分29秒34，莱扎克率先触壁，美国队创造了新的世界纪录，获得金牌！菲尔普斯8金梦终于成真！

此前，有两场惊心动魄的胜利更值得铭记：

11日上午，菲尔普斯参加男子4×100米自由泳接力决赛，最后一棒莱扎克最后时刻赶超了领先的法国队，以0.08秒的优势摘取金牌，挽救了菲尔普斯的8金梦想。16日的男子100米蝶泳决赛，菲尔普斯再次上演"大逆转"，在人们都以为他要梦碎时，他却以百分之一秒的优势击败塞尔维亚人查维奇，获得了第七枚金牌！

一届奥运会连夺8金，打破7项世界纪录，史无前例！菲尔普斯还以14枚金牌成为奥运史上夺金最多的运动员，缔造了不朽的奥运传奇。

菲尔普斯说："这种感觉妙不可言，这段经历我将铭记于心，我很想铸就前人从未实现过的梦想，但没有队友的帮助，这一切都无法实现。"

菲尔普斯对"水立方"赞不绝口，他说："这是我见过的最棒的奥运游泳场馆，一走进去就能感觉到巨大的震撼。"

针对这届奥运会游泳比赛，有多项新的世界纪录在"水立方"被刷新，有人不禁提出疑问："究竟是什么魔力让'水立方'如此不同凡响呢？"

训练方法和训练技术的不断提升，无疑是北京奥运会游泳项目世界纪录被大规模打破的主要原因，但是，"水立方"所起的助力作用同样功不可没。

有一种比较笼统的说法，"水立方"这座建筑实在太过特别，以至于运动员在里边比赛时都特别兴奋，而在这种状态下运动员的潜力被完全地释放出来了。

这种说法有一定的道理，但是"水立方"的魔力却有更多的科技诠释。

康伟回答说："要真正了解'水立方'的神奇，就要从其设计和施工的源头寻找答案。"

走进"水立方"，那碧蓝清澈的池水不仅令人心旷神怡，而且丝毫没有普通游泳馆内那种令人呛鼻的异味。

康伟介绍说："国家游泳中心采用了国际先进的水处理工艺和设备，泳池水处理系统的控制由智能集散控制中心完成，采用石英砂过滤加臭氧消毒的池水循环利用技术和全流量臭氧消毒和长效氯制剂辅助的消毒方式，投入泳池的药品量少，杀菌彻底，而且没有异味，不改变水的pH值，与传统单纯的氯制剂消毒方式相比，它不会刺激人体皮肤、黏膜和眼睛，同时又有效减少了自来水消耗，最大限度地节约了资源。"

康伟用更专业的术语解释说："经处理后，水的浊度达到了0.1FTU以下，远远低于国家标准的5FTU。池水的pH值控制在7.2至7.6之间，是国际泳联和国家标准的最佳生活用水pH值。"

此外，国家游泳中心采购了世界上最先进的池底吸污设备，每天比赛结束后自动对池底进行清理吸污，大大改善了泳池的感官性状指标。

在池水温度控制方面，一般泳池水温控制在25～27摄氏度之间，而"水立方"通过自动化严格控制，把温度控制在26.5～27.0摄氏度之间，水温温差在0.5摄氏度以内。这个温度是运动员最适宜的温度。

经过处理，水的浊度只有国标的五十分之一。高科技手段使得"水立方"的池水清澈湛蓝。

康伟说："水处理工艺采用了水循环设计，循环水从池底的进水口进入池内，从溢流回水槽收回，进行加药、过滤、加热、消毒循环净化。池底满天星均匀布水，使水流分布均匀，不短流，不出现涡流及死水区，保证不同水层、不同部位的水温，游离余氯和pH值均匀一致，污染物沉淀在池底的情况相对减少。"

一般泳池的深度在2米到2.5米之间，而国家游泳中心竞赛池的水深为3米，是目前世界上唯一一个全部深度为3米的泳池。

康维说："运动员在游泳过程中会有水的波动，水越深，水的波动对人的影响越小，越有利于创造好成绩。"

此外，泳池结构采用了双层独立泳池结构，泳池侧壁与周围地下室墙体完全分开，中间形成检修通道。泳池结构坐落在建筑物底板上，结构下面设一个滑动层，泳池檐口与周围看台楼板完全断开，中间的空隙设计为池岸回风口。

这种双层独立泳池结构，可以完全避免周围看台上传来的任何震动，观众在看台上如何跺脚、呐喊，泳池都"纹丝不动"，最大限度地保证了池水的稳定。

泳池的四周采用了独特的溢水槽设计，溢水槽立面呈流线型，可以有效降低溢水噪声，并保证池水迅速平稳地溢流，有效消除运动时产生的波浪，减低对运动员的干扰。

康伟笑着说："有人说，'水立方'破了那么多世界纪录，是因为泳道比较短，这当然是玩笑话了。"

康伟接着说："国际泳联对泳池精度的要求非常高，要求泳池长度误差控制在一厘米以内。我们在泳池施工过程中，对泳池各个基层和面砖厚度进行了精确的预控制、过程控制和电脑排砖，实现了泳池施工的高精度控制，最终泳池尺寸实测值在5万～5.0005万毫米之间，仅仅是国际泳联允许误差的二分之一。"

设计者在泳池设计和整个场馆的设计和实施中，始终贯彻了"快速泳池"的概念。

所谓"快速泳池"，是指在泳池设计和实施中，在泳池水质、温度控制、施工精度等方面采用了世界上最先进的技术、设备和设计理念，有利于运动员迅速达到最佳竞技状态。

泳池采用了世界先进的瓷砖转贴体系，结构稳定，各层粘贴牢固、平整度良好，无论从池体尺寸到各种标线、埋件、檐口精度等全部达到了国际泳联要求，误差小于国家标准。

另外，"水立方"里的空气非常清新。

比赛大厅东西两侧的喷口送风和池岸溢水槽回风的气流组织方式，将大量的新鲜空气直接送到竞赛池水面。

康伟说："比赛大厅在比赛开始前两小时加大送风量，比正常情况多送50%的新风，大量的新风携带丰富的氧气，令人神清气爽。"

"水立方"的池岸空调和地板加热将环境温度和地面温度控制在25至27摄氏度之间，与池水26摄氏度的温度相一致，池岸风速控制在0.2米每秒之内，回风均匀，使人没有吹凉风的感觉，运动员一进比赛大厅，身体就能迅速进入最佳状态。

进入"水立方"比赛大厅，无论是运动员、观众还是裁判，都会有眼前一亮的视觉印象。

康伟介绍说："由于采用了国际首创的多面体空间钢架结构，并与 ETFE 膜结构气枕共同形成了维护结构，游泳大厅的长宽都达到了 120 多米，但中间不用加设任何支撑。大量阳光从场馆屋顶射下来，使人仿佛置身于梦幻般的水分子世界，产生回归自然的亲切感。"

"水立方"采用优越的声音控制，使场馆内音乐表现优异，回响控制清晰，比赛大厅使用了一定的吸声材料和设备，有效地降低了室内声音的回响程度，室内混响设计时间达到 2.8 秒。

游泳运动员是刺激敏感者，外界的呐喊助威声越响亮，内心的斗志就越昂扬。"水立方"在声音控制方面采用了国际先进的高指向性扬声器，覆盖整个比赛大厅内，清晰动感的音乐和观众呐喊声组成的整体声音效果，大大地提升了运动员的兴奋程度。

在看台设计上，"水立方"永久看台和临时看台融为一体，每侧 7000 个观众席均视线良好。混合区和看台距离较短，观众和运动员可以有效地互动，形成震撼场景。

康伟自豪地说："'水立方'的设计与施工集中体现了'绿色奥运'、'科技奥运'和'人文奥运'的三大理念，能在这里工作，非常荣幸和快乐。"

105

加强赛季的保障工作

2008年1月的"好运北京"中国游泳公开赛中,出现过两次问题,一是瑞典国旗挂反了,二是有观众在升国旗时,用手推旗杆造成了旗杆巨大的晃动。

"国旗挂反"事件在奥组委场馆运行团队的前期准备工作中,成了典型案例,在各种大大小小的会议中被反复提及,引以为戒。

康伟签署了场馆保障的"军令状"后,他在来自各方人马组成的场馆运行团队中担任场馆设施与环境副主任,同时设有3位助理,赵志雄和杨林萍以及中建一局集团公司的总经理季加铭,又任命一个保障办公室主任吕静。

特别是奥运期间,对于升国旗奏国歌的设备检测也成为大家每天最关注的焦点。

由于手推旗杆事件,使康伟养成了习惯,每当升国旗的时候,他总是站在看台离旗杆最近的地方保护旗杆,康伟还自称为"编外护旗手"。

2008年8月10日,是游泳比赛的第二天,是第一次有决赛颁奖的一天,也是最受关注的美国运动员菲尔普斯有可能拿到第一块金牌的一天。美国总统布什带着家人坐在"水立方"北侧座席上。

当天,"水立方"座无虚席。

果然不出所料,男子 400 米混合泳决赛,菲尔普斯获得本届奥运会游泳第一金,而且打破世界纪录。

"水立方"里的观众开始了第一次沸腾。美国国歌奏响,全场观众起立,包括布什他们全家人。

康伟正在一边为在"水立方"里产生的第一项破世界纪录的事情高兴,一边在保障大办公室里收看场馆内部的电视转播。

正在这时,意外出现了,美国国歌即将结束的时候,突然停止,最后将近 3 秒的音乐没了。

对外转播的电视中掐掉了这一段。现场播报员反应灵敏,立即以快速语音的方式播报贺词,及时引导了现场气氛。

尽管这一切发生在一瞬间,结束也在一瞬间,但却相当于一个大炸弹,场馆运行团队上上下下原本已很紧张的神经更加紧张起来。

而且,马上有消息传来:不知这个事故会不会影响当晚的两国元首会见。

这个消息更让大家心里紧张得不得了。

其实,对奥运会的每一个细节,大家都做好了保障预案。

2008 年 8 月 9 日晚上游泳预赛结束后,大家还在反复地测试升国旗系统的稳定性,还在熟悉一系列的应急预案,以备特殊情况发生后如何解决。

升国旗系统设备有两套,自动升旗系统和半手动、手动;奏国歌的音源也准备有三套,主音源和两个备份音源。

预案中的应急策略,一是升国旗三个工作组就位,主工作组工作与半手动、手动工作组保持联络,如发生应急情况启动半手动工作组,若半手动工作组失灵启动手动工作组,这样无论如何国旗都会升到最高处。

二是奏国歌的三个播放音源同步播放,主音源放音、备份音源静音,若主音源失灵,则依次启动 MD、CD 备播,除非停电,国歌都可以正常播放。

三是同时还分析了多种可能出现的情况,如国歌最后 5 秒之内声音减弱,来不及进行音乐切换,由现场播报员快速语音播报祝贺词,引导现场气氛。

四是如果国歌播放错误,立即在两秒之内关闭主音源切换备用音源,还有并列冠军主音源和备份音源轮换播放国歌等等。

2008 年 8 月 9 日出现的情况,恰恰是应急预案中的第三种情况。

后来,有消息传来,菲尔普斯本人对此事一笑置之,两国元首的当晚会晤根本未提及。大家的心这才放到了肚子里。

但是,以后的每一天直至残奥会结束,每逢升国旗、奏国歌,康伟的心就到了嗓子眼儿。

举行跳水项目的比赛

2008年8月11日下午，中国跳水队在"水立方"上演了一场好戏，中国"月亮"组合林跃和火亮顶住主场压力，以468.18分的成绩夺得冠军。这标志着中国男子跳台新老交替开始真正"开花结果"。

随着北京奥运会跳水比赛在"水立方"进行，运动员们及各项工作的备战情况已进入了最佳状态。

当时有一句话说得好："北京奥运会，中国的每一位成员都是志愿者！"

当7年的等待逐渐变成10多天的期盼时，无论是场馆周边还是大街小巷，都布满了志愿者的身影，而在赛事开始后，"水立方"也为坐在赛场观众席上观看跳水比赛的观众提出如下提醒：

1. 争做文明助威使者

北京奥运会期间，会有更多来自世界各国的运动员、教练员，以及记者朋友出现在赛场的看台上，如何在奥运会期间在运动员比赛过程中维持良好的赛场秩序，做一名文明的助威使者，给外国友人留下深刻、良好的印象，让他们感受到北京奥运会是一届不同寻常的历史

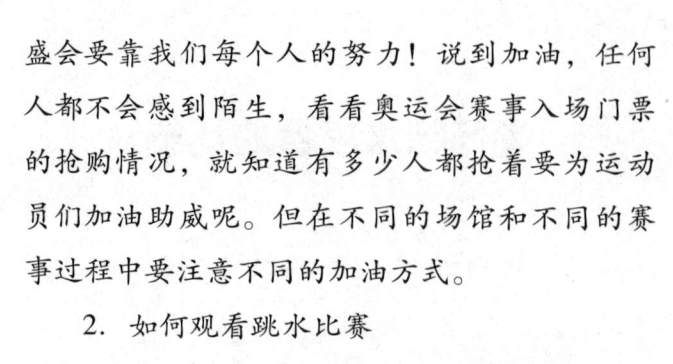

盛会要靠我们每个人的努力！说到加油，任何人都不会感到陌生，看看奥运会赛事入场门票的抢购情况，就知道有多少人都抢着要为运动员们加油助威呢。但在不同的场馆和不同的赛事过程中要注意不同的加油方式。

2. 如何观看跳水比赛

跳水，是一项极具观赏性的竞技体育比赛项目，运动员借助比赛器械腾空而起，在空中展示着各种姿态，而后轻盈地入水，这一连串的动作常常带给观众非常美的感受。很多观众都会带上照相器材，在运动员起跳腾空时留下美丽的一瞬间。经常观看比赛的观众一定知道，在跳水运动员比赛时不能大声喧哗，在运动员起跳时不能使用闪光灯等等，但您知道这是为什么吗？

在跳水比赛中，运动员需要一个非常安静的气氛来做比赛动作起跳之前的准备，这时就需要赛场内看台上的观众给予默契的配合了。当运动员走上跳台或者跳板时，场内的广播中会报出他们的姓名和国籍，以及准备比赛的动作，这时我们会听到一声哨响，这意味着运动员可以做比赛动作了。当您看到了自己喜爱的运动员就要出场时，可以欢呼鼓掌，但当您听到这一声哨响时，请您一定要立即保持赛场的安静，给运动员一个安静思考比赛动作的气氛。同样，观众随身携带的手机等通讯工具都要保持静音状态，不要在比赛中发出声响。另外，在跳水运动员做动作时是非常忌讳受到外界的光源来干扰空中视线的，这样很容易导致运动员因晃到眼睛而看不清水面，所以闪光灯是不能被允许在跳水比赛场上使用的。

如果在运动员起跳时，受到场内或者观众席上的声音或者光线的干扰是可以向裁判举手示意重新跳的，但这会对运动员的心理造成很大的影响。当运动员跳完比赛动作后，无论他们来自哪个国家和地区，请您同样为他们鼓掌喝彩，如果万一运动员在比赛中出现了失误的情况，请您不要过长时间大声地发出嘘叹的声音，这会给他们的心理带来很大的压力而影响下面比赛的正常发挥。

3. 以平常心看待比赛结果

……能够来到奥运会赛场上进行较量的运动员都是好样的，无论是技术水平还是心理素质都是非常过硬的，在备战奥运会的道路上，他们都付出了常人无法想象的努力和艰辛。因此，在比赛日期来临之前，在我们为他们祈祷夺金的同时，也怀着一颗平常心去看待比赛的结果。

8月11日，当大家来到"水立方"观看跳水比赛时，都不由得为男子双人跳猜想：雅典奥运会上，跳水王子田亮和杨景辉为中国队勇夺男子双人10米台金牌；田亮退役之后，小将林跃和火亮能否捍卫中国队在该项目上的荣誉？

由于林跃在赛前的训练中状态一直不好，加之强手很多，难度系数高达3.8的5255B总是让他找不到感觉，夺得这枚金牌并无十足把握。

当时，参加角逐的8对选手中，有13名选手在世界三大赛中获得过奖牌，有7位世界冠军。俄罗斯组合加尔佩林、小多布罗斯科克，美国新秀芬查姆、布迪亚以及澳大利亚老将纽伯里、赫尔姆都具备冲击奖牌的实力。

而且，这次男子双人10米跳台没有预赛、半决赛，直接进行决赛。

虽然林跃和火亮从2005年全运会就开始配对，并于同年在国际泳联跳水大奖赛西班牙站中首尝胜果，此后他们凭借高难度的动作和稳定的发挥，多次夺得亚运会和世界杯赛的冠军，2007年更是在世锦赛上顺利夺冠，但他们毕竟是第一次参加奥运会这样重大的比赛，又是主场作战，人们非常担心他们能否顶住巨大压力，能否调整好自己的心态。

根据经验，如果第二组和第三组的动作处理得好，男子10米台的赢面就非常大。

倒数第二个出场的林跃和火亮在前两轮的规定动作阶段就给大家吃了颗定心丸,林跃的状态尤其好。干净、漂亮的第二跳为他们赢得了雷鸣般的掌声,这一跳中国组合得到59.40分的高分,接近满分60分。

接下来的4轮自选动作,所有组合都拿出他们的高难度动作冲击高分。

而林跃和火亮充分显示了他们在动作难度上的优势以及高超的心理素质。除去最后两跳没有赢对手,其余4跳,都得到了全场最高分。在最后一轮之前就领先第二名俄罗斯组合24.06分,只要最后一个动作不出现重大失误,冠军就不会旁落。

5255B这个难度系数高达3.8的动作是对林跃最大的考验。

当"月亮"组合入水的那一瞬间,场外观战的钟少珍教练高兴地跳了起来。

17岁的林跃和18岁的火亮,至少在4年之后的伦敦奥运会上,还可以继续领军男子双人10米台。

林跃和火亮夺冠固然可喜,但对手依然强大:被称为下一个"德斯帕蒂"的14岁小将戴利可谓"跳水天才"。虽然他所在的组合排名垫底,但他的个人表现非常完美。

另外,俄罗斯选手加尔佩林、美国选手芬查姆今天的表现也非常稳定,他们也将对中国男子单人10米台构成一定威胁。

8月13日，北京奥运会跳水男子双人3米板的比赛在"水立方"进行。

在众多的拉拉队阵容中，有人惊奇地发现，来自阿根廷队的篮球运动员们也出现在了看台上，这其中还包括姚明在火箭队的队友斯科拉，以及球星吉诺比利。

当天，斯科拉和吉诺比利是以"奥林匹克大家庭"成员的身份来到现场，身穿阿根廷代表团队服的他们，与几名来自俄罗斯的高大运动员坐在一起，津津有味地观看男子双人3米板比赛。

但是，在当天的3米板比赛中，其实并没有来自阿根廷队的选手。

斯科拉和吉诺比利一边看，一边面露笑容，遇到表现好的选手，他们也毫不吝啬自己的掌声。

在整个跳水比赛过程中，国家体育总局游泳运动管理中心副主任、"水立方"场馆常务副主任原家玮这样形容奥运赛事管理工作："这简直就是一场战役。"

尽管有着足够丰富的大赛组织经验，但原家玮仍然认为奥运赛事的管理工作是一个"巨大的挑战"。

原家玮介绍说："雅典奥运会的跳水和游泳比赛是在不同的场馆进行，而'水立方'要同时承担游泳、跳水和花样游泳3项赛事。赛事之间的衔接和转场需要非常细致地规划，甚至要精确到分秒。"

8月15日是最紧张的一天。

原家玮说："这一天从早到晚都有比赛。上午是游泳决赛，下午是跳水预赛，晚上又是游泳预赛。尤其是上午游泳决赛后，距离下午跳水比赛开始，只有一个半小时的间隔。这期间，1万多名观众要退场，1万多名观众要入场，协调不好，'水立方'将混乱不堪。"

为此，原家玮与餐饮部、市场部等部门协商，在游泳比赛结束时，立即停止所有餐饮和特许商品的销售服务。

这样一来，果真减少了游泳观众的逗留时间，看着跳水观众顺利进场后，原家玮才长舒了一口气。

举行花样游泳比赛

2008年8月18日，北京奥运会花样游泳双人项目技术自选赛在国家游泳中心"水立方"开赛。

俄罗斯选手阿纳斯塔西娅·达维多娃、阿纳斯塔西娅·叶尔马科娃在花样游泳双人项目技术自选比赛中，以49.334分列24对参赛选手第一。

同时，西班牙选手安德鲁·富恩特斯、赫玛·门古尔以48.834分列24对参赛选手第二。日本选手铃木绘美子、原田早穗在花样游泳双人项目技术自选比赛中，以48.250分列24对参赛选手第三。

而来自中国的姐妹组合蒋婷婷、蒋文文排名第四。

8月23日下午，花样游泳集体自由自选的比赛在"水立方"举行，最终俄罗斯队成功获得金牌，西班牙队获得银牌。

而在这次比赛中，中国队打败日本队，历史性地获得了奥运会花泳第三的好成绩，这是中国队在奥运花样游泳历史上的首枚奖牌。

下午的比赛，最先出场的是美国队，她们陆上的造型非常像火焰，完成分47.667，印象分47.833，最后得分47.75。

第二个出场的是澳大利亚队，她们表现的主题与双人比赛相同，都是表现澳大利亚当地土著人民的日常生活，但她们的体力下降很快，到中途踩水水位降得很厉害，托举也有一点失误，虽然注意了队形，但是水域的利用有些顾不上，完成分 41.333，印象分 42.167，最后得分 41.75。

第三个出场的是平均年龄最小的埃及队，她们的曲目是《卡门》，完成分 40.833，印象分 41.333，最后得分 41.083。

第四个出场的是加拿大队，她们泳衣的腰间画有太极，在太极四周辐射出十二生肖的汉字，在比赛中模拟了十二生肖的造型，完成分 48.167，印象分 48，最后得分 48.084。

中国队第五个出场。其实队员们上午就来到现场进行准备了。

在 22 日的技术自选的比赛中，中国姑娘们以 48.584 的成绩排在第三。

23 日，她们表现的主题是黄河，快板部分是《黄河大合唱》，慢板部分是《茉莉花》。这是一套新编的动作，拥有非常多的中国元素，没有在任何大赛中表演过，托举难度很高很漂亮，整套动作的亮点是凤凰盘腿。

最后，中国队的完成分 48.667，印象分 48.833，最后得分 48.75，总分 97.334 暂时排在第一。

日本队紧接着中国队出场，在 22 日的技术自选的比赛中，她们落后中国队 0.417 分排在第四。

日本队的泳衣上写有巨大的龙字，她们表现的主题是魅惑，有一个队员在比赛中出现了失误，踩到池底。在比赛完之后，有一位队员晕倒，于是两位男救援人员下水救援。

这在花样游泳比赛中出现这种事是非常少见的，因为花样游泳运动员每天起码在水里练习10个小时。

最终，日本队的完成分47.833，印象分48.5，最后得分48.167，排在中国队之后。

这样，中国队毫无疑问地拿到了本届奥运会花样游泳集体项目的铜牌。

西班牙队倒数第二位出场，她们表现的主题是非洲，头发都梳成了小辫子，衣服上画了图腾，音乐选择的是动感十足的非洲音乐，她们曾凭借这套动作获得了"好运北京"花样游泳奥运资格赛集体项目的金牌。

这套动作难度非常大，动作新颖、独特，除了托举的小失误，西班牙队的完成质量还是相当高的。她们的完成分49.167，印象分49.5，最后得分49.334，暂时排在第一，她们的银牌已经到手了。

最后压轴出场的是卫冕冠军俄罗斯队，她们表现的主题是海中的生命，水面造型模仿水中生物。

俄罗斯队的表演依旧是完美的，她们的完成得分50，印象分50，最后得分50，总分99.500，毫无悬念地夺得了金牌。

本书主要参考资料

《见证水立方》康伟著 机械工业出版社

《奥运，看场馆》法制晚报社编著 清华大学出版社

《让历史记住今天》北京城建集团有限责任公司编
 内部发行

《国家游泳中心（水立方）结构设计》傅学怡等著
 中国建筑工业出版社

《漪水盈方——国家游泳中心》中建国际设计顾问有
 限公司 北京国家游泳中心有限责任公司主编 中
 国建筑工业出版社

《华章凝彩：新建奥运场馆》清华大学建筑设计研究
 院主编 中国建筑工业出版社